全部ゆるせたらいいのに

I WISH I COULD FORGIVE EVERYTHING

一木けい
KEI ICHIKI

新潮社

目次

1 愛に絶望してはいない 5
2 愛から生まれたこの子が愛しい 50
3 愛で選んできたはずだった 82
4 愛で放す 114

全部ゆるせたらいいのに

1　愛に絶望してはいない

浴槽でリボンのようにゆらめく紅色を見たとき、絶望の余り皮膚のどこかから血がにじみ出たのかと本気で思った。それほど腹を立てていた。

宇太郎(うたろう)がまた約束を破った。電話もメールもしないで呑みに行った。上司や取引先の人と一緒にいるにしても、トイレくらい立つはずだ。そのときにたった一行、ごはんは要りませんとメールを送れないものなのだろうか。ちゃんと連絡すると誓ったばかりなのに。宇太郎は嘘つきだ。もう宇太郎を信じることなんてできない。

湯船の中に手を伸ばすと紅色は溶けて消えた。

宇太郎は毎晩のように呑みに行く。そして正体をなくして帰宅する。わたしは疲れ果ててひとりになりたくても、恵(めぐみ)が夜泣きして鼓膜が破れそうなほど絶叫しても、とつぜんマーライオンのように嘔吐してきても、とびひ対応に疲弊して泣きたくなっても、逃げ出すことなどできないのに。

不安で叫び出しそうになる。この激しい感情を消す方法が知りたい。イヤーマフを装着することで音を遮断するみたいに、思考の葉っぱを枝ごと消し去りたい。不安の葉は一枚ずつむしり取ることができないから、それならいっそ幹ごと全部、なくしてしまいたい。

消したい消したいと考えながらシャンプーしていると、遠くで泣き声が聴こえたような気がした。空耳だろうか。手を止める。ああ、やっぱり泣いている。

脱衣所からバスタオルをつかみとった。ふと気配がして足許に視線を落とすと、太ももをつたい、排水口に吸い込まれていく経血が見えた。

そこでやっと気づいた。そうか、卒乳したから。妊娠するまで毎月あったその存在をすっかり忘れていた自分にあきれてしまう。ひときわ大きな叫び声が聴こえた。どこかに頭をぶつけたのかもしれない。大慌てで身体にバスタオルを巻きつけ、シャンプーの泡をつけたまま浴室を飛び出した。ダイニングの床にぽたぽたしずくが垂れる。恵は和室を出たところでつかまり立ちをしながら、真っ赤な顔で泣いていた。「ままー、ままー」わたしを見つけると怒ったように壁をつたいながら向かってくる。「ごめんね」急いで抱き上げ、とんとんと背中をたたく。どこにもけがはないようだ。びしょ濡れの髪から恵の顔に水滴が垂れる。おむつは濡れていない。熱もない。けれど縦ゆれであやしても童謡を歌っても、恵は泣き止まない。和室の入口にかけておいた洗濯物がハンガーの束ごと床に落ちている。そのままにしておいたらしわくちゃになってしまう。恵をあやしながらかがむ。床に下ろされることを察知した恵は破裂するような泣き声を上げた。「ちょっと待ってね」わたしの声などかき消す音量でのけぞって泣き喚く。「ごめん、すぐ終わるから」恵を床に置いてつかんだ生乾きの洗濯物はずっしりと重たい。悲鳴は徐々に大きくなり金切り声に変わる。近所から苦情がきたらどうしよう。虐待していると思われて通報されたらどうしよう。誰かたすけて。

眠っているときの恵の唇は、わたしに自省と冷静をもたらす。起きているときの唇は、わたしからそれらを一気に奪い去ってしまう。やわらかい生命のかたまり。まだ死ねない。この子の寝顔を見るたびそう思う。わたしは脳も肉体も健康でいなければならない。こうやって用心するのは、母親の側だけなんだろうか。父親というものは、少くともわたしの知る限り、誰も彼も自ら命を擦り減らしているように見える。今日いま、この瞬間だって。安心が欲しい。過剰にわたしを安心させてほしい。その願いはいつも叶わない。

恵の温かな掌を按摩するように握りながら、自問する。

わたしは、この家庭は、恵に安心を与えることができているだろうか。恵にわたしと同じ思いをさせないために、いますべきことがあるのではないか。

考え出すと気になって仕方なくなり、バスタオル姿のままそろそろと押し入れをあけた。この辺にしまい込んでいたはず、と思いながら奥に手を突っ込み収納ボックスごと引っ張り出す。そこには生理用品とともに昔の雑誌や、プリントアウトしたKASTをホッチキスで留めたもの、そして見慣れない茶封筒が入っていた。

息をひそめ和室を抜け出す。畳のきしむ音にすらひやりとする。また恵が目を覚まし、発作的に泣き喚いたらと思うと気が気じゃない。恵がいつ起きるかなんて、だれにもわからない。目覚まし時計が鳴ったって起きないときもあれば、紙が一枚落ちる程度の気配で目を覚ますこともある。昼寝も夜寝も、いつ起きるかいつ起きるか、常にそのことが念頭にある。ふすまを開くあのちいさな手はわたしの時間を強制終了させる執行人の手だ、そんなことを思ってしまう自分は母親失格だ。そんなだめな母親だから、恵は言葉が出るのが他の子より遅いのだ。一歳半になるというのにママしか言えないのは、わたしのせい。わたしに育てられる恵はかわいそうだ。思考の葉っぱは消えるどころか生い茂り、枝がどこまでも伸びていく。

宇太郎が帰ってきたのは、わたしがやっと入浴し直し、けれどまた同じことが起きたらと思うとトリートメントまでは怖くてできず、お風呂を出て、ダイニングテーブルで二年前の雑誌をめくりながら髪をタオルドライしているときだった。

宇太郎は、どすどす歩いて和室に入っていった。勢いよく簞笥を開け閉めする音。恵が目を覚ましてしまわないかひやひやする。とりあえず帰ってはきた。待っているときよりはつらくない。けれど焦燥感は未だ濃く残って、眼球の裏側を熱くしている。

赤いスウェットに着替えた宇太郎がダイニングにやってくる。お疲れ様と声をかけると宇太郎は、わたしにもたれかかるように抱きついてきた。重いし、ひどい臭い。

「おかえり。愉しかった？」

「愉しいわけないじゃん。会社の呑み会なんて気遣って疲れるだけだよ。いいね、千映（ちえ）ちゃんは」

宇太郎の視線の先には、ひらいたままの雑誌があった。涙がこぼれそうになる。雑誌をひらくまでに何があったか、宇太郎は知らない。でも話したって仕方がない。

話す代わりに身体を離し、冷蔵庫からミネラルウォーターを取り出して二日酔い予防の薬とともに手渡した。

「今日はどうだった？」

「ふつう」答えて宇太郎は錠剤を口に放り込み、水で飲み下した。

「ふつうって。思春期の子みたい」

むりやり笑ったわたしの声をぶった斬るように、宇太郎は一息に言った。

「ふつうにしんどかったし、ふつうにくそったれって思ったし、ふつうに辞めたいって思ったし、ふつうに死んでほしいって思った、それだけ」

こんな言葉、昔の宇太郎ならまず口にしなかった。トイレへ向かう彼の背中を見つめながら、哀しくなる。働き始めてから、宇太郎は変わってしまった。学生時代はもっと愉しそうに呑んでいた。今はお酒が好きでおいしいから呑むというより、厭なことを忘れたくてひたすら呑んでいるように見える。

桜の花びらが床に落ちている。さっきまで宇太郎が立っていたところだ。しゃがんで拾ってみる。湿ってやわらかい。

カーテンをあけると、薄桃色の霧雨がふっていた。わたしたちの住むアパートの隣には立派な一軒家が立っていて、庭に大きな桜の木が生えている。この邸宅を過ぎて角を左に曲がると、駅へと続く道に出る。宇太郎が毎朝毎晩、重い仕事鞄を手に通る道。満開の桜は、二階に暮らすわたしたちと同じ目線の高さで咲き誇っている。

窓ガラス一枚挟んだ向こう側はあんなにもうつくしいのに、わたしのいるこちら側にはひどい臭いがたちこめていた。部屋干しの衣類。使用済みおむつの詰まったゴミ袋。分解されていない数種類のアルコール、居酒屋の煙草、ふるい揚げ油。また派手な音を立てて宇太郎がトイレから出てくる。

「あー最悪」

「どれくらい呑んだの」

「そんなこと訊いてどうすんの?」ろれつの怪しい口調で宇太郎は訊き返してくる。

「毎日呑んだら身体に悪いよ」

「一日仕事がんばってさ、張り詰めた神経をやわらげたくて呑む酒の何が悪いわけ?」

「悪くないけど、そこまでたくさん呑まないとダメなの? 毎日毎日」

「毎日なんか呑んでないって」

「呑んでる。こないだの休肝日は、健康診断の前日だよ」

「自分の身体のことは自分がいちばんわかってるよ。なんも問題ないって」

わたしは雑誌の最後のページに挟んでおいた茶封筒を取り出した。中に入っていた用紙をひらいて見せる。宇太郎は、不気味な虫でも見るような目でわたしを見た。

「人の持ち物漁ったの？」

「ちがう、探し物をしてたら出てきたの。なんで隠したりするの？　こんな大事なもの」

わたしと宇太郎のあいだにあるのは、健康診断の結果だ。γ－ＧＴＰの数値が基準を超えている。三十路手前という若さで。

「こんな風に言われるんだろうなって思ったから」冷えた声で宇太郎は言った。「ときどき、うーってなるんだよ。千映ちゃんだって昔はこれくらい呑んでたじゃん」

　絶句してしまう。なんて幼稚なことを言うのだろう、この人は。

「いっしょにたくさん呑んだじゃん。大笑いしてさあ。千映ちゃんの方が俺より酔っぱらったことあったけど、俺なんにも言わなかったよね？」

「何言ってるの？　いつの話よ。あのまま学生のノリで呑み続けてたら恵を育てることなんかできないでしょ。お酒呑んでフラフラで赤ん坊抱っこできると思ってるの？」

　酔っぱらったら恵を生かしておけない。わたしはただ一日、このたよりない生き物を生かしておくことだけで必死の朝昼晩真夜中明け方を五百日以上繰り返している。話の通じない存在を相手にしているとたまに気が狂いそうになるけれど、それでもお酒に逃げている場合じゃない。逃げているあいだに赤子はあっさり死んでしまうだろう。

　わたしが呑まなくなるのと反比例して、宇太郎の酒量は増える一方だ。お酒は何も解決しないのに。あんなに呑んだら身体にいいはずがないのに。誰かの食糧となることのない生き物は、自分の身体に無頓着なのかもしれない。

「わたしたちはいっしょにこの子を育てていかなきゃいけないんだよ。ちゃんと考えて」

「ほら、そういう言い方。だから、見せたくなかったんだよ。γ－GTPなんてしばらく呑まないでいたら簡単に下がるって。千映ちゃんは大げさっていうか、いろんなことを悪い方に考えすぎなんだよ」

「わたしが考えなかったら誰が考えるの？　恵の安全とか将来とか」

「もうさあ、千映ちゃんがそういうややこしいこと言うからイライラして呑むんじゃん」

わたしが黙っていさえすれば宇太郎が呑まないでいられるのなら、わたしはいくらでも黙る。でもきっと宇太郎は、翌朝には自分の放ったセリフの記憶などないだろう。

宇太郎は呑むととことん呑んで、翌朝にはきれいさっぱりすべて忘れている。どこからどうやって帰ってきたかも、身体の傷がどうしてできたかも、お金の減っている理由も、何もかも憶えていない。怖くないのだろうか。もしかしたら、誰かを殺しているかもしれないのに。

宇太郎は何か言いかけたがやめて、和室へ向かった。いつ転んでもおかしくない千鳥足だ。床に落ちていた花びらも、道端で転んだときにくっついたのかもしれない。

宇太郎とはじめて出会ったのも、桜の季節だった。

その日、昇降口前は、高校に入学したばかりの一年生と、部活の勧誘をする上級生でごった返していた。親友の秋代はしっかり目をひらいて新入生を探していたけれど、わたしはぼんやりとアスファルトを眺めていた。

ちいさなつむじ風が、散った桜の花びらをくるくる躍らせている。

桜の花びらが地面をさらう様子は、なぜこんなに物哀しいのだろう。自分の意思で動いているように見えて、実際は動かされているからか。

すこし離れた場所で、同じものを見ている生徒がいることに気がついた。小柄で下がり眉の、人の好さそうな男の子。

行くよ、とわたしの頭をぽんとたたいて秋代が向かったのは、その男の子のところだった。

「吹奏楽部に入らない？　名前なんていうの？」

単刀直入に声をかけた秋代と、宇太郎という名の彼の身長はほぼ同じだった。目が合ってはっと俯いた彼の、照れ笑いを愛らしいと思った。

秋代は自分のパートであるホルンに宇太郎を誘ったけれど、ほかの希望者との調整や顧問の助言もあり、結局パーカッションに落ち着いた。合奏中、パーカッションの奏者はわたしの吹くトロンボーンのすぐうしろに立つ。いつしか宇太郎の出す音に耳を澄ませるようになった。リズムがずれていると自分のことのようにひやひやした。

「告白されるとしたら、どんなシチュエーションがいいか」

部活帰りに部員たちと寄ったファミレスで、そんな話題になった。電話がいいとか直接がいいとか、一年生も二年生も口々に言い合った。

「千映先輩は?」宇太郎がわたしの目をまっすぐ見つめて訊いた。

「うーん、顔を見て言われたいかなあ。でも手紙もいいよね。文字が残るから」

宇太郎に告白されたのはその翌日だ。手紙ももらった。直接言われたことと一字一句違わぬ言葉が書いてあって、すこし笑ってしまった。

宇太郎はいつもわたしを駅まで送ってくれた。自転車のハブステップに立って、宇太郎の肩をつかむ。髪の毛をゆらす夕暮れの風を心地よく感じながら、そのとき練習している曲をハミングした。部活帰りの宇太郎は汗の匂いがしたけれど、それも含めて大好きだった。

二人乗りして下った、あの通学路が恋しい。

何もかもはじめて同士だった。宇太郎の部屋でキスをしたとき、宇太郎の脚が攣った。やわらかい唇の感触のどきどきも冷めぬまま、彼の硬いふくらはぎを揉んだ。

宇太郎は勉強が得意じゃなかった。授業中に英語の先生から「もっと頑張んなさい。これ以上彼女と学年離れたら困るでしょ」と叱られていたと、吹奏楽部の後輩が笑い交じりに教えてくれるほどだった。本当にそうなったらどうしようと不安になって、自室の引き出しをひっくり返し、前年のテストを残らず探しだした。それらを一緒に解いて、わからないところは教え、最後は問題ごと丸暗記させた甲斐あって、なんとかわたしたちの学年は離れずに済んだ。高校一年から二年にかけて宇太郎は、成績だけでなく身長も相当伸びた。

高校卒業後、わたしは一年浪人して第一志望の大学に入った。一方、宇太郎は周囲の人たちが目を疑うほど必死で勉強し、ストレートでわたしと同じ大学に合格した。つまり宇太郎はわたしの学年に追いついた。

春休みのあいだ、わたしは試食販売のバイトに励んだ。入学後はもっと時給のいい、家庭教師のバイトを始めた。ケーキ、紅茶、清潔に整えられた部屋。家庭教師をする自分にはすぐ慣れたが、家庭教師に習う自分はどうやったって想像できなかった。酒の臭いの一切しない家で、中学生に英語や数学を教えた。

「アルコールは体内に入るとアセトアルデヒドになります」

新入生を対象としたオリエンテーションで、アルコールのパッチテストを受けた。

「これが顔を赤くしたり頭痛や吐き気を起こしたりするのです。呑めない体質の人はアセトアルデヒドをスムースに分解する酵素を持っていません。いまから行うパッチテストでその酵素の有無をチェックします」

担当職員は説明を終えると、消毒用アルコールを含ませた脱脂綿を配りはじめた。腕の内側にテープで七分間貼り、剝がした直後と十分後に肌の色をチェックする。

わたしはアルコールの分解能力が「そこそこ強い」、宇太郎は「きわめて弱い」と出た。

「きわめて弱い人は遺伝的にアセトアルデヒド脱水素酵素二型を持っていないので、呑めない体質、悪酔いしやすい体質といえます」

あちこちでひやかし笑いが起きた。

その教室にいた「呑めない体質」の人たちを交えて、安居酒屋でお酒を呑んだ。あの頃は、自分たちがお酒を呑むということについてほとんど何も考えていなかった。

新卒で宇太郎はメーカーの営業職に就き、わたしは銀行の窓口に座った。ふたりとも社会人だったときは、仕事帰りによく呑み歩いた。お互いの職場の愚痴を面白おかしく、ときには真剣に話しながら、毎日呑んだ。宇太郎のアパートで肴を作るのだって楽しくて仕方なかった。いつも笑って間断なく会話は続いた。ふたりだった頃の唇の用途は、喋るか呑むかキスするかだった。それが本当にあったことかどうか信じられないくらい、はるか昔のことに思える。ほんの、数年前の出来事なのに。わたしたちは食べて呑んで、食べるものがなくなるとわたしがまたつまみを作って、お酒が足りなくなったら手をつないで夜空を向いて大笑いしながら酒屋へ行った。自転車に二人乗りしていて、派手に転んだこともある。「大丈夫か!」慌てて駆け寄ってきた中年夫婦は、へらへら笑ってだいじょうぶれすと答えるわたしたちを見おろして、「なんだ酔っぱらってんのか」と呆れた。「こんなとこに転がってたら凍死するから早く帰りなさい」そう言い残し、行ってしまった。それでもわたしたちは笑っていた。痛くも寒くもなかった。

酔ってたってしらふだって、あの頃のわたしたちは常に身体のどこかが触れていて、相手の話を熱心に、興味を持って聴いていた。瞳の奥を覗きこんで、表情のちょっとした変化すら見逃さずに。愉しいも淋しいも、ふたり同じタイミングで感じられた。

最近無性に、恋人だった頃の宇太郎に会いたくなる。

月曜がきて火曜がきて水曜がくる。一日が長い。夜が怖い。日中は祈るように思っている。然るべき時間に、「いまから帰ります」とメールが届きますように。

恵にごはんを食べさせながら自分も食事をして、その合間に口やテーブルや床を拭き、ときにはおむつを替える。食事中に排泄物の処理をするという行為に、わたしはいつまで経っても慣れることができない。かといってそのままにしておいたら悲惨なことになる。臭いの問題だけではなく、万が一かぶれたら、小児科へ連れていくのも薬を塗るのも、むずかって泣く恵をあやすのもわたしだ。最悪の場合またとびひになる。わたししかやる人間はいない。

買い物に出る度お酒を買う。外で呑まれるよりは家で呑んでもらった方がましだから。呑んだ量もわかるし連絡がこないとやきもきすることもない、人様に迷惑もかけない。恵をスリングに入れて抱き、肩にはエコバッグが、腕にはスーパーの袋が食い込んで千切れそうに痛い。

あれ、と思った。これとまったく同じことが、昔どこかで。

混乱する。自分がいま十歳なのか三十歳なのかわからなくなって、足許がふらついた。

子どもがお酒を買えなくなったことは喜ばしい。もし宇太郎が恵に一升瓶の焼酎を買って来いと頼んだら。そんなことはしないだろうけれど、泥酔したら絶対にないとは言い切れない。そんな場面は想像するだけで胸が張り裂けそうだ。

それを実際にやっていたちいさなわたしを見て、胸が張り裂けそうだと思ってくれた大人は、ひとりでもいたのだろうか。

同じことをひたすら繰り返しながらわたしは生きて、死んでいく運命なのかもしれない。

「いまから帰ります」とメールが届く。ほっとする。家で呑むときも宇太郎はたくさん呑む。ばかみたいに呑む。買っておいたお酒がどんどんなくなる。でも外で呑んだときのようにひどい臭いにはならない。外で呑むときはいったいどれだけのアルコールを摂取しているのだろう。

すべてが理屈で片づけられるわけがないのは、わたしだって理解している。大人には呑みたい夜もある。でもそれが、誰かを苦しめるお酒だとしたら?

「帰ったらまずビールと小鉢」

俳優はきっぱり言った。洗濯物をたたむ手を止めて、わたしはテレビの中の彼をちゃんと見る。若い彼は、理想の結婚生活について語っているようだった。

「グラスもキンキンに冷やしてないとだめです。いきなりごはんと味噌汁なんか出されたら、俺席立つから」えーっと声を上げる観客たちに向かって、整った顔をしかめて見せる。「えーじゃないよ。まじめな話、こういう世界にいると、ほかの俳優と比べられるプレッシャーとか、やっぱ俺へったくそだなあって落ち込んだり、それの繰り返しじゃないですか。言いたくないけど。そういうささくれだった心を、一杯の酒が落ち着かせてくれるんですよ。呑むと気持がほぐれるから、人にもやさしくできる気がするし」

妻としては、疲れて帰ってくる夫に、笑顔でお疲れ様と鞄を受け取って抱擁してキスをして、温かい食事と冷えたビールを出し、にこにこ笑って仕事の愚痴を聴いたらいい、わかっているけれど、夜までその気力が残っていない。

俳優の横顔は、笑っているのに底なしの淋しさを湛えているように見える。

KASTをやってみよう。そう思った。たたんだ洗濯物をしまってから、ペンとKASTの紙を用意した。

久里浜式（K）アルコール症（A）スクリーニング（S）テスト（T）。合わせて十四の設問にイエスかノーで答え、得点を合計する。

マイナス五点以下は正常。今までどおり楽しいお酒を続けてください。

マイナス四・九～〇点は問題飲酒者の予備軍。〇・一～一・九点は問題飲酒者。

そして二点以上は深刻な問題飲酒者だ。

ざっと設問に目を通す。これを前回やったのは、父が病気と診断されたときだから、もうずいぶん昔になる。あらためて見ると、このテストは厳しすぎる気もするし、甘っちょろい気もする。たとえば最初の設問。

『酒が原因で、大切な人（家族や友人）との人間関係にひびがはいったことがある』

これがイエスなら三・七、ノーならマイナス一・一。

宇太郎も父もイエスだが、宇太郎の場合は「冠婚葬祭で呑みすぎて不謹慎なことを口走ってしまった」とか「学生時代べろんべろんに酔っぱらって非常ベルを押してしまった」なので二・五点くらいでいいような気がする。

『休日には、ほとんどいつも朝から酒を飲む』という設問もある。

イエスは一・七、ノーはマイナス〇・四だが、これは宇太郎の場合、ほとんどない。お正月は朝から日本酒を呑むが、そういうことでもない限り、さすがに朝から呑むことはない。だからノーだ。

『二日酔いで仕事を休んだり、大事な約束を守らなかったりしたことが時々ある』

これは難しい。宇太郎はお酒で仕事に穴をあけたことはない。遅刻も欠勤もない、と思う。けれど約束を守らなかったことは幾度もある。

『酒を飲まないと寝つけないことが多い』『酒のうえの失敗で警察の厄介になったことがある』これらはノーだ。警察のお世話にまでなったら、もう終わりだと思う。

宇太郎は十四点だった。深刻な問題飲酒者。動揺はない。こんなもんだろうと思う。

父の点数を調べているときは、もっと心が乱れた。診断を受けるまで、病気だなんて想像したこともなく、単にお酒が好きな、厳しい性格の父親だと思っていた。誰かに相談しようと考えたことすらなかった。子どもはその家で行われていることが変だとわからないのだ。リアルタイムではなおさら。

深刻な問題飲酒者である宇太郎はその晩もひどい臭いをまとって帰宅し、靴も脱がず玄関に横たわった。

「何食べてきたの？」

尋ねたわたしを、睨みつける。

和室からぐずるような声が聴こえてきた。胃がきりきり痛む。どうか本泣きになりませんように。恵を抱きあげて廊下に出る。恵ははじめまぶしそうにしていたが、宇太郎に目を留めると、「ままー」とまた泣き出した。「大丈夫よ」そうあやすそばから、大丈夫なわけないと思う。だっていま宇太郎は、玄関に寝っ転がって嘔吐物を髪の毛に張り付かせ、いびきをかいているのだ。そしてそんな状態の父親を大丈夫という母親はどう考えたって嘘つきだ。わたしは嘘つきのお母さんになりたくない。でも本当のことばかり話したら、恵は希望を持って生きていけない。

恵を抱いたまま手ぬぐいを濡らして絞り、宇太郎の顔や髪を拭いて再び手ぬぐいを洗い、タオルケット代わりにバスタオルをかけた。赤ん坊を産んで以来、片手でできることが増えた。うとうとしはじめた恵と布団に入り、背中をとんとんしながら目をつぶる。とりあえず帰ってきて、そこにいる。いびきをＢＧＭにわたしは眠りに落ちた。

「酔ってものをなくしたのこれで何回目？　お財布をなくすなんて、信じられない」

問いただすと、宇太郎はうなだれて、はい、と言った。

これまでにも宇太郎はいろんなものを失くしてきた。携帯、手帳、上着、時計、家の鍵、会社の鍵、高校時代にわたしが編んだマフラー、定期券、社章、かばん。いちばん多く失くしたものは信用だろう。

「わたしには、宇太郎が仕事での厭なことをお酒で誤魔化しているように見えるよ」

むくんだ顔で、宇太郎はうなずく。下がった眉毛がずるい。この顔を見ると何も言えなくなるので、テーブルの木目を見ながら言葉を紡ぐ。

「カード、止めるのがもう少し遅かったら全部引き出されてたかもしれないんだよ。クレジットカードだって使われてたかもしれないんだよ。どうしてこんなことばっかりするの」

「ごめんなさい」

「お酒以外に、ストレスを発散する方法はないの？」

「うーん」

「宇太郎は、お酒に依存してると思う」

「それはないです」

「あるよ。依存症になったらもう一滴も呑めないんだよ。いいの？　厭でしょ。なら、そうなる前によく考えてみたら」

依存症になってもいい人間がいるとしたら、それはどんな人だろう。

山奥に籠って自給自足して、だれとも暮らしを共にせず（むろん結婚など生涯せず）、その依存によって迷惑をこうむる人間が一人もいない環境で生きて死ねる、そんな人間ならいいんじゃないだろうか。でも宇太郎は違う。町で暮らして仕事して、妻子もある。

「いまが見直すときだと思うよ。一滴も呑むなって言われるのと、いま控えて細々と愉しく呑んでいくのと、どっちがいいの？」

「細々」ひらき切らない、赤く淀んだ目で宇太郎はぼそっと言う。

「そう考えられるならそうしたらどう。三杯くらいでやめといたら」

「わかった。そうする」

「いい年して呑む量を自分でコントロールできないなんて、もう依存してるってことだよ」

「依存はしてないって」

「依存症の患者はみんなそう言うんだよ。だいたいお酒のこと指摘されてそうやってカチンときてるのがもう、依存症っぽい」

「依存症ではないよ」

「どうして言い切れるの。わたし、宇太郎がお父さんみたいになったらどうしようって考えだすとすごく不安」

「お父さんと俺は、違うよ」

「あんなアル中といっしょにするなって？」

「そんなこと言ってない。お父さんにできて俺にできないことたくさんあるし、その逆もあるかもしれない」

「じゃあしばらくお酒呑まないでいられる？」

「いられる。けど俺が呑み会に行かないで左遷されてもいいの」

「なにそのずるい言い方」

「だって仕事してたらどうしたって呑まなきゃいけない場面があるんだよ」

「いいよ別に。左遷されないために行く呑み会なんてくだらなすぎる。それにそういう呑み会がなくたって、呑んでるじゃない」

「しらふだと人生ぎゅうぎゅうづめなんだよ。わかってよ、千映ちゃん」

「そんなの逃げてる」

「ごめん。でも、逃げたいときだってあるよ」

「宇太郎は、いっつもいっつも逃げてるじゃない」

「千映ちゃん、言い方がきついよ。そんな風に言われたら、支配されてるような気がする」

支配、という単語にカッとした。いちばん言われたくない言葉だった。

「お酒を呑みすぎないようにって言うことの、どこが支配なの？」

「じゃあ訊くけど」

宇太郎が眉毛をあげた。

「呑みすぎないようにって、誰のために？」

「心配だからに決まってるでしょ」

「誰が、何を、心配なわけ」

「わたしと、恵が、あなたの身体と頭を心配なの」

じゃあ、と宇太郎は声のトーンを上げた。

「じゃあ俺は？　心配心配って言うけど、じゃあ俺の気持は？　なんで千映ちゃんはあれしろこれするなばっかり言うの。ねえ、俺の人生なのになんで？」

いつになく切羽つまった表情で、宇太郎は言った。

「俺は、俺の人生を生きているのかって時々思うよ」


へとへとで腹が立って淋しくて宇太郎は呑む。するとわたしは淋しくて腹が立ってへとへとになってしまう。逃げたいときもあると、宇太郎は言った。わたしにだってある。でもわたしには逃げ場がない。

お酒を好きなだけ呑むことが、宇太郎の「人生を生きる」ことなのだろうか。

仕事の責任が重くなるにつれ、宇太郎の酒量は増えていく。そもそも宇太郎は、どうしてあんなに働くのだろう。家族団らんも心身の健康も後回しにして。休日も家で電話を受けメールを返すし、寝言ですら謝っている。

仕事には人格が邪魔なのかもしれない。だから多忙で人格をすりつぶすのだ。すりつぶされた人格で、宇太郎はお酒に手を伸ばす。働くために自分をごまかす。ごまかしてやっと働ける。

だとしたら、宇太郎のためにお酒を買うわたしは、会社の歯車のひとつになっているのかもしれない。

このままだと宇太郎は父と同じようになってしまい、恵がわたしと同じ道を歩むことになるのではという不安が、夜毎ふくらんでいく。それだけは避けたい。

そう思う一方で、宇太郎に対しては諦めの気持がある。どうせ死ぬまでこのままだろうなと思う。諦めるんじゃなくて、ゆるせたらいいのに。ゆるして信じてやさしくできたらいいのに。

でもいまのわたしにはそんなこと、できそうもない。

ゆるすと諦めるって、どう違うんだろう。

「そんな難しいことあたしにはわかんない。けど、ゆるすのほうが近い気がする」

電話口で秋代はそう言った。

「近いって何が？」

「関係。というか、心の距離？」

「心の距離なんてもう一億光年くらい離れてるよ。恵がとびひになったときだってね」

わたしはひと月丸々とびひ対策に費やしたあの地獄の日々を思い出す。恵は鼻の下や耳の穴の周り、肘の内側に繰り返しとびひを作った。小児科に通いつめ、飲み薬と塗り薬を使い、予防のためには虫よけスプレー、爪をこまめに切り、かきはじめたら保冷剤で冷やした。あせもやおむつかぶれに細心の注意を払った。感染を広げないためにタオルは大人と別のものを使い、洗濯も別にした。洗濯機に入れる前には煮沸消毒をした。

「こっちは必死なのに、宇太郎は『そこまでする必要あんの？　めぐちゃんをばい菌扱いしてるみたいでかわいそうじゃん』とか言うの」

「アハハ。宇太郎くんらしい。まあ、とびひはめちゃくちゃめんどくさいよね。凌也も昨年幼稚園でもらって来て大変だった。けど、宇太郎くんの言うことも、ちょっとはわかるかな」

「なんで？」

「昔は千映、けっこう何事もおおざっぱって言うか、後輩たちを大丈夫大丈夫って励ます方だったじゃん。そういうの、宇太郎くんは思い出して淋しくなるんじゃないの。ていうか、なんかあったの？」

「宇太郎が酔っぱらってお財布失くした」

「また!?」

「そうまた」

「そんでシラフになったらもうこんなことはしないって誓うんでしょ？」

「うん。もうききあきた」

「その流れ！　泥酔、事件発生、激怒、あやまる、ききあきた。お決まりのコントじゃん。

そういやさ、うちの塵もこないだ酔いつぶれて」

「ちり?」

「あー、携帯の登録名、塵にしたの。あいつの名前見るのもやだから。塵が酔っぱらってどっかの店の看板持って帰ってきてさ、その店がどこにあるかわかんなくて調べるのに苦労した。ハハッ」

苦労した、その程度で笑い飛ばせる秋代はすごい。やはり宇太郎がいうように、わたしは考えすぎなのだろうか。大したことのないことを、大事件だと思い込んでいるだけなのか。

「でも宇太郎とは呑む量が違うと思う。宇太郎は耐えがたい臭いで帰ってくるから、どれだけ呑んでるんだろうと思って」

「えっ千映、臭いかいでんの?」

「かいでるんじゃなくて、漂ってくるの」

「あたしは息止めてるけどね、塵のそば通るとき。もはやあいつは空気のような存在ではなく、毒ガスだから。できることなら視界にも入れたくない。顔も服も足も見るだけで苛つく」

「服なら宇太郎も相当だよ。真っ赤なスウェットとか真っ黄色のTシャツとか着るの」

「清潔にしてればまあいいじゃん」

「そういう問題じゃないよ。ねえ秋代は、旦那さんが呑みにいっても哀しくならないの」

「ぜんっぜん。むしろラッキー！　ごはん作んなくていい！　録り溜めしてたドラマがゆっくり観られる！　ってうれしくなる。出張とか言われたら、待ち遠しくてぞわぞわしちゃう」

「そんな風に思えたら楽だろうな」

「苦しいのは愛があるってことだよ。うちはもう終わってるもん。新婚のころは帰りが遅いと事故に遭ってるんじゃないかって心配したけど、もうそんなこと考えない。うちの旦那は浮気しかしないから」

「前の人とまだ続いてるの？」

「いや、別の子。まあ、誰だろうがもうどうでもいいんだけど。好きにして下さいって感じ」

「旦那さんが他の女性とそういうことをしてもいいって思えるのはどうして」

「だってあたし、あいつとはもう絶対できないもん。だから仕方ない。凌也の教育費使いこんだりしたらキレるけど、そうじゃない限りどうでもいい。千映は？」

「そんな風にはまったく思えない」

「だよね。ちゃんとやってる証拠だよ。けどさ、宇太郎くんも酔っぱらったら、けっこう長い時間連絡とれなくなるんだよね。不安じゃないの？」

「不安だよ」

「でも、宇太郎くんに女ができたんじゃないかとか、そういう発想にはいきつかないんでしょ」

「それはほとんど考えたことがないな」

「だったら、まだ諦めてないってことなんじゃないの」


宇太郎の酒量が劇的に減った。この一週間呑まずに帰ってきた。酔っぱらって仕事で何かやらかしてしまったのだろうか。

お酒の代わりにスープを出したら文句も言わずに飲んだ。その辺に置いておいたアル中漫画を何気なく手に取ってわたしの前で読んだ。まだ大丈夫。まだ大丈夫と思う。

久しぶりにハイヒールを履いたのは、梅雨明け間近の日曜日だった。

「あせもとおむつかぶれに気をつけてほしいの」

美容院へ行く。ただそれだけのことが踊りたくなるくらいうれしかった。同時に、不安だった。わたしがいない間、宇太郎はちゃんと恵を生かしておいてくれるだろうか。

「わかってるよ」

「あと、蚊にも刺されないように虫よけをたまに塗ってね。とびひになったらかわいそうだから」

「大丈夫だって。たまにはひとりで街をぶらぶらしておいで」

ごゆっくり、と宇太郎は快く送り出してくれた。汚れることを前提としない服を着て、引っ張られたりしないからゆれるピアスもつけられた。身体がとても軽く感じる。数か月ぶりの美容院のあとは、書店と雑貨屋とCDショップをはしごして、疲れたら喫茶店に入りミルフィーユを食べた。時々宇太郎にメールして恵の様子を確認した。時間があっという間に過ぎた。コンビニにすらワクワクした。棚の商品をひとつひとつゆっくり手にとって、中断されずに選ぶことができる。速乾マニキュアの色を厳選して、外国のミネラルウォーターを検品するように見て、雑誌を眺め、文房具を触ってみた。最後はスーパーに寄った。いつものスーパーなのに、スキップしてしまいそうな気分だった。店員さんやほかのお客さん、見知らぬ人とも笑顔で話すことができる。もっと宇太郎にやさしくしよう。心からそう思った。口うるさく言うのはもうやめよう。宇太郎にだって息抜きは必要だ。笑顔で甘やかしてあげよう。独身時代よく作っていたつまみの材料と宇太郎が好きな銘柄のビールを買い、彼の悦ぶ顔を想像しながら夕方家に帰ったら、室内の空気がよどんでいた。

恵の機嫌もよくない。近寄って抱き上げると、ひじの内側をかきむしった痕があった。一瞬で髪の毛が逆立つような怒りを覚えた。ぐっとこらえ、冷凍庫から保冷剤を出して手ぬぐいで包み、うっすら血の滲んだ部分に当てる。「遅くなっちゃってごめんね。夜ごはん、すぐ用意するから」抱っこしながら肉や野菜をキッチンに並べていく。用意していた昼食はふたりとも食べたようだが、汚れた器やコップはシンクにそのままになっていた。

一歩あるくごとに、新たな怒りの種を発見してしまう。洗面台に水が飛び散ってびしょびしょになっている。ゴミ袋に濡れたトイレットペーパーがまるごとひとつ、入っている。

棚から取り出すとき便器に落ちてしまったか、何かを拭こうとして濡らしてしまったか。

「ねえ千映ちゃん」

呼ばれた声が、あまりに切実でどきっとした。ゆっくりそちらを向くと、宇太郎はすこしこわばった顔で、「今夜はいっしょにお酒呑まない？」と言った。

「どうして」

「どうしてってことはないけど、千映ちゃん、授乳やめたし、もう呑めるんじゃないのかなーと思って」

もうだめだった。あのね、とわたしは爆発しそうな感情を必死に抑えて言った。「この部屋を見て。恵を見て。わたしが呑気にお酒呑める状況だと思う？」

「家がすこしくらい散らかってたって大丈夫だよ」

「いまは大丈夫かもしれない。でも結局やるのはわたしなんだよ。後回しにすればするほど大変なことになるの。家だけじゃないよ、恵のここ見て。かかせないでってあれほど言ったじゃない。わたしがどれほど苦労してとびひを完治させたか、憶えてるでしょ？　何回も、汗をかいたらすぐ拭いてね、虫よけ塗って、万が一刺されたら保冷剤で冷やしてかかせないでって言ったよね。どうして忘れちゃうの？」

「ごめん。あとで俺がちゃんと全部やるから」

「わたしがいない間はできなかったのに？」

そう言ったら、宇太郎はものすごく哀しそうな顔をした。

わたしが食事の用意をしているあいだ、宇太郎は哀しい顔のままでじっとソファに座っていた。わたしは恵の相手をしながら片づけたり準備をしたり常に動き回っているのに。

苛立ちはおさまらず、トイレットペーパーを買ってきてと頼んだ。分かったと応えて宇太郎が立ち上がる。

「ほかに何か要るものある？　千映ちゃんの好きなアイス買ってこようか」

「いらない」

そっか。鍵と携帯と財布をポケットに押し込んで、宇太郎は玄関へ歩いていく。その足音が、奇妙なほど軽く聴こえた。

俺ね。宇太郎が靴を履きながらつぶやいた。

「時々、結婚する前の千映ちゃんに会いたくなるよ」

電話がかかってきたのは、日付が変わった月曜、夜中の零時半だった。

警察、と言われたとき、ついに宇太郎が死んでしまったのだと思った。

コンビニからなかなか帰ってこない宇太郎に何度も電話をかけた。メールも送った。恵とふたりの夕食を終え、片づけ、お風呂を済ませ、布団に入っても、宇太郎からの応答はなかった。呑みに行ったのだ。また連絡なしに。憎かった。事故に遭っていればいいのに。連絡の取れない宇太郎がいまこの瞬間呑んでいるのではなく、事故に遭っていたらゆるせるのに。約束を破っていない、わたしを裏切っていない。そのことが何よりも重要に思えた。

宇太郎がどこで何をしているかわからないときの恐怖。これが、宇太郎のいう支配なのだろうか？　ただわたしは知りたいだけなのに。自分の前後左右に何があるか。知って落ち着きたいだけなのに。

でも、どうしてわたしはそんなに宇太郎のことを把握したいんだろう。わたしは恵を生かすことで精いっぱいなのに身軽に自由に動けてずるいと思うから？　それとも、父みたいにならないか四六時中見張っていないと気が済まないから？　縛りたくないのに縛ってしまう自分が、吐き気がするほど厭でたまらない。縛らないためには、終わりにするしかない。

警察という言葉を聴いた瞬間、全身が恐怖に包まれた。

事故に遭っている方がゆるせるだなんて、わたしはなんという怖ろしいことを考えてしまったんだろう。宇太郎に何かあったらわたしのせいだ。

けれど宇太郎は死んではいなかった。ただ、どこにいるかわからないのだと、となりの駅にいるという警官は困った声で話した。

「駅の男子便所にひとつだけあかない個室があって、呼んでも返事がないのであけてみたところ、ご主人の携帯電話と財布が落ちていたんです」

駅員が開けるわけにはいかないので、立ち合いのために自分が呼ばれたのだと彼は言った。

おもては雨が降っていた。わたしはスリングに恵を入れて、真夜中の商店街を速足に歩いた。駅前にタクシーが停まっていたら乗ろうと思ったけれど、見当たらない。深夜料金は高いし、呼ぶよりは自分で歩いていった方が速い。わたしは恵の臀部をぽんぽん叩きながら、傘を差して歩いた。

朝から呑み続けている父がよみがえる。その姿を頭から追い払うように、童謡を歌いながら線路沿いを歩き続けた。

駅に到着すると、放送で宇太郎の名前が呼ばれているところだった。

「……さま、いらっしゃいましたら駅改札までお越しください。繰り返します……」

わたしと恵は係員室に通された。警官が入ってきて、

「駅の隅から隅まで捜索しましたが、見当たりません。線路の方を探してきます」

そう言ってまた出ていった。

宇太郎は線路にもいなかった。いったいどこに消えてしまったんだろう。

宇太郎の荷物を引き取るための書類に記入していたら、スリングの中の恵がぐずりはじめた。

「とりあえず帰ったら。子どもさん、こんな夜中に連れまわしたらかわいそうだし」

憐れむような目で駅員が言った。宇太郎の荷物とともに再び歩いて家を目指した。雨脚はさっきより強まっている。怒りはなかった。あるのは諦めだけ。ついに宇太郎が、警察のお世話になった。

帰宅すると、ドアの前に横たわっている男の人がいた。どきどきしながら近づくと、宇太郎だった。死んでいるかと思ったが、生きていた。泥まみれ、葉っぱまみれ、顔や手には擦り傷。全体的に濡れているようだ。何をやっているんだろう。悔しくて泣けてくる。脚をばんとぶつ。いてっと声を上げて宇太郎は瞼をひらき、どろりとした目でわたしをひと睨みすると、また目を閉じた。


「どうして一言呑みに行くって連絡できなかったの」

「したら千映ちゃん、絶対機嫌悪くなるじゃん」

起きてYシャツに着替えた宇太郎が言い返す。

「呑むときは連絡する、呑んでも三杯までって約束したよね」

「それで?」

「それでってなに?　これからどうするの?」

「気をつけます」ふてぶてしく宇太郎は言った。

「なにをどう気をつけるの」

「だから、気をつけます」

「明け方、宇太郎が寝てるあいだ、わたし警察にお詫びの電話したんだよ」

「聞いた」

「外で寝てる宇太郎を見たとき、恵が泣いたんだよ」

「それも聞いた」

言うなり宇太郎は立ち上がり、トイレに入った。

扉が閉じる音を聴いて、ふっと力が抜けてしまった。この人はもう、だめだ。

スーツケースにわたしと恵の衣類や洗面道具、絵本などを詰めて宇太郎がトイレから出てくる前に家を出た。


「塵が出張中でよかった」

マグカップをふたつテーブルに載せて秋代が言った。カモミールティの好い香りがリビングに広がる。

「ほんとに出張かわかんないけど。ふふっ」

恵はリビングのとなりにある和室で凌也くんといっしょに心地よさそうな寝息を立てている。

十二時、十七時、十七時半と、宇太郎からはメールが届いていた。

「今朝は冷静に話せませんでした。ひどいことをしてしまいました。ごめんなさい。もういちど千映と冷静に話をしたいです」

「お酒による様々な問題は、酒を呑まないことによって解決しようと考えてる。それによるデメリットも考えて、その解決方法も考えた」

「もう二度と同じことを起こさないので、話がしたい。仕事をなるべく早く終わらせて迎えに行くので連絡ください」

だから！　それを！　いったいどうやって信じろというの！

苛立ってあきれ果て携帯の電源を切った。バッテリーまで抜いた。わたしは毎度ばかのように宇太郎を信じて裏切られて絶望する。

わたしは恵に平和な子ども時代を送ってほしいと思っているのに、願望とは真逆の方へ進んでいるような気がする。わたしがアルコール依存症の父親なんか持たず、もっとおおらかで夫の失敗も弱さ脆さも笑って受け入れられるような人間だったら、こんなことにはなっていないのかもしれない。宇太郎ももっとゆったりとした気持で生活できて、お酒に走らなくて済んでいるのかもしれない。

でもわたしだから、むりなんだ。

お酒に苦しめられてお酒で家庭が崩壊したわたしだから、むりなんだ。

秋代にすべてを話し終えると、わたしはぐったりしてしまった。

「前に話してくれたでしょ、お父さんに挨拶に行った日のこと」

マグカップを両手でくるむように持って、秋代が言った。

「あたし、あのときの宇太郎くんの話がずっと忘れられないんだよね」

結婚の意思を改めて確認しあった直後、宇太郎は、あろうことか父の病院へ行こうと言った。

そのとき父ははじめての入院をした直後で、離脱症状でいちばん苦しんでいる時期だった。

た。苦しんでいるし、周りも苦しめられる時期。だからやめておいた方がいいと言ったけれど、「お父さんにもちゃんと許可をもらいたいから」宇太郎はそう言ってわざわざスーツに着替え、病院をめざした。わたしの手を強く握って。

父はやっぱり最悪だった。院内にある海の見える小高い丘で、妄想、暴言、限りないダメージをわたしと宇太郎に与えた。

耐えきれなくなってひとりで売店へ行った。水を買ったけれど、すぐにはさっきまでいた場所に戻りたくなくて、会計スペースの椅子に腰かけた。その辺にあった本を暇つぶしにひらいてみる。そこにはこんなことが書いてあった。

『すべてに白黒はっきりつけようとせず、時にはグレーを受け入れよう』

『根拠のない思い込みには風船をつけて、空に放そう』

やけに喉が渇いた。水を一本飲み干してから、丘へ戻った。

ふたりの姿が見えたところで、わたしの脚は止まってしまう。

痩せ細った父が、宇太郎に頭を下げている。

「なんもできんですまん」

宇太郎がなんと返したのかは聴こえなかった。わたしに気づくと、彼らは何事もなかったかのように口をつぐんだ。

「厭な思いをさせてごめんね」

病院を出てバス停へ向かう道で、宇太郎に謝った。宇太郎は首をふって、

「想定の範囲内」と笑った。あの下がり眉で。

宇太郎はいつも、父に敬意をもって接してくれた。そしてそれは、わたしにとってとても大切なことだった。

「宇太郎くんに電話するね」秋代が言った。

「やだ、やめて」

「だってきっと、ものすごく心配してるよ。居場所だけでも伝えない？」

わたしが止めるのもきかず、秋代は宇太郎に電話をかけた。

宇太郎が迎えにくるというので、わたしは逃げるためコンビニへ行った。きれいな満月が出ている。この月を、父も見ているだろうか。父はいま、何を考えているだろう。

宇太郎が帰ったという連絡を秋代にもらってから、さらに念のため十分待った。店を出ようとしていたら、ガラス窓越しに宇太郎がゆっくり横切った。とっさにしゃがんで雑誌のラックに身を隠した。

宇太郎は下がり眉をこれ以上下げようがないくらい下げて、今にも泣きだしそうな横顔をしていた。

「宇太郎くんは、自分のことを一切弁解しなかったよ」と秋代は言った。「どんなことを千映に言ったか訊いたら、ゆっくり思い出しながら、千映から聞いていた以上のこと、宇太郎くんにとってすごく不利なことを話したよ」

　わたしは黙って秋代の話を聞いた。振り払っても振り払ってもさっきの宇太郎の哀しそうな横顔が頭から離れない。

「千映が昨日遊びに出かけていたなんてことは言わないで、千映ちゃんは用事があってでかけていたんですけどって言ってたよ。話が終わってお茶お代わり入れようかって言ったら、実はタクシーを待たせたままなんですっておもてに出て、重そうな仕事鞄持って戻ってきたんだよ。すぐに連れて帰るつもりだったみたい。最初、鞄を持ってこなかったのは、スーツケースと恵ちゃんを自分が抱えて帰るつもりだったからだと思うよ」

「そう」

「どうするの」

「どうもしない」

「あいつ、いいやつだよ。だからここは、情状酌量の余地っていうかさ」

「秋代は宇太郎が後輩だからそういうことが言えるんだよ。わたしだって宇太郎がただの後輩ならいいやつって思えるよ。でも、夫なんだもん。いっしょに恵を育てていかなきゃいけないいんだよ」

「そりゃそうだけどさ、ゆるしてあげてほしいなあ」

「むり。そんな簡単にゆるせるはずないじゃん。約束破ってばっかりで」

「約束ねえ。約束なんかしなければいいのに」

「しなければ楽だって、それくらいわかってる。でも、わたしにはそれが、どうしてもできないんだよ」

「約束って結局自分を縛るじゃん。苦しくない？」

「苦しいよ。だから苦しくなさそうに見える秋代がすごく羨ましいよ。旦那さんに執着がないって楽そうでいいなって」

「確かに楽だけど、楽で苦しみや淋しさのないのがいいことなのか、それはわかんないよね。千映は苦しいかもしんないけど宇太郎くんを大切に思ってる。でしょ？　それは傍で見ててものすごく伝わってくる。だから本当は、宇太郎くんのためじゃなくて、千映のために、宇太郎くんをゆるしてあげてほしいんだよ」

わたしの頬にひとすじ流れた涙を親指でぬぐって、秋代は言った。

「宇太郎くんは、千映に関する大概のことをゆるしてると思うよ」


ドアに鍵を差し込むと、慌てたように駆けてくる足音が聞こえた。

「おかえり」

下がり眉で、ほっとした笑顔で、宇太郎が出迎えてくれる。うん、ぶっきらぼうにいって、わたしはスーツケースを宇太郎に差し出す。

「ほんとにごめんな」

「今はその話いいよ。すごく疲れてるから話すのむり」

「ごめんなさい。でも俺、千映ちゃんと話したい」

「あのね、わたし頭がおかしくなりそうなの。なんにも考えられない」

「考えなくていい、俺が全部考える」

笑ってしまいそうになって下唇を噛む。俺が全部考えるってなに？

宇太郎はスーツケースを室内に入れてから、恵を抱き上げ、わたしの視線をしっかり捉えた。

「何か俺に言いたいことある？」

ない。いや、あるけど気力がない。

「しゃべってよ、千映ちゃん」

「しゃべったら厭なことを言っちゃうから」

「言えばいいじゃん。それが厭なら俺、厭だって言うから」

「そしたらわたし、また厭だって思う」

「それでいいじゃん。言い合えば。これからもっと、いろんなこと話していこうよ」

宇太郎はずるい。先があることを前提として話すなんて。

わたしは「本当に言いたいことを言ったら相手を傷つけてしまうからだめだ。言うときは終わるとき」と思う。宇太郎は「この先もやっていくために話せばいい」と考えている。

「俺が悪いことしたのはわかってる。それは最初からわかってた。だから話してるときも千映ちゃんに優しくしなきゃって思う。でもまだそこまでできた人間じゃない。千映ちゃんのこと傷つけたくないけど、傷つけちゃうこともある。好きでも、打ちのめすようなこと言っちゃうときもある。悪気はないなんて、そんなばかなことは言いたくないけど」

わたしだって同じだ。わたしなんて宇太郎を打ちのめしてばかりだ。でもそれは、宇太郎を大事に思っていないということじゃない。

「傷つけちゃうかもしれなくても、いっぱい話して、三人で愉しく暮らしていきたい。これが俺の言いたいこと。千映ちゃんも何か言ってよ」

「わたしは……わたしは、宇太郎がたくさんお酒を呑むと不安になる」

「はい」

「そんなに呑み続けてたらいつか、宇太郎がお父さんみたいになるんじゃないかって心配がふくらんでしまう。それで……」

宇太郎の腕の中の恵と目が合った。

「それは、恵がわたしみたいになるってことなの。それだけは、何があっても避けたいんだよ」

「ごめん。千映ちゃん。本当に、ごめんなさい。……ほかには？　何かある？」

「ないよ。宇太郎は、まだ言い足りないことがあるって顔してる」

「うん。あのさ、たまにはふたりでどっか行こうよ。三時間くらい、めぐちゃんを預けられるところ探してさ」

わたしは宇太郎を愛している。宇太郎にしか見せられないわたしがいっぱいいる。わたしを世界でいちばん受け入れてくれるのは宇太郎だ。少女だったわたしが親から受け入れてもらえなかった分まで、宇太郎は受け入れてくれる。わたしを、無条件で大切にしてくれる。ほかの誰かの前であんなに怒ったり泣いたりしたことはない。わたしは宇太郎に甘えすぎてしまったのかもしれない。

わたしが宇太郎をゆるすことで、わたしたちはお互いにどれだけ救われるだろう。

ため息で曇った窓ガラスを、パジャマの袖で拭った。立派な邸宅の向こうに、宇太郎の姿はまだ見えない。

「日付の変わる前には帰る」そう宣言して会社へ行ったのに。「ギリギリじゃなくてちゃんと余裕をもって帰る」自信満々でそう言ったのに。

あの一件以来、宇太郎は毎晩呑まずに帰ってきていた。けれどもはや日付が変わる五分前。この時点で連絡がないということは、連絡など不可能なほど泥酔してしまっているのだろうか。

また窓が曇った。ガラスにぼんやりとわたしの姿が映っている。

赤ん坊は視力がそれほどよくないらしい。恵はわたしの顔をこんな風に見ているのだろうか。

この話を、わたしは誰から聞いたのだっけ。

「赤ちゃんはハッキリした色合いを好むらしいよ」

恵が生まれた日の翌朝。出勤前にほんの数分だけ産院へ寄った宇太郎が、とつぜんそんなことを言い出した。わたしは授乳しながらへえと生返事した。眠くて眠くてとにかく頭がぼーっとしていた。

「赤とか黄色は認識しやすいんだって。本に書いてあった」

そうか。それであんなに派手な服ばかり着ていたのか。接する時間の短い娘に、少しでも自分を認識してもらおうと思って。

あの日産院で、宇太郎の目は赤かった。呑んだからでも寝不足だからでもない。おそらく前夜、泣き腫らしたからだ。

わたしは恵を緊急帝王切開で産んだ。陣痛より先に破水が起きたのだ。陣痛促進剤を投与され、声も出せないほどの痛みに長時間耐えたが出産は進まなかった。

「このままではお腹の赤ちゃんもお母さんも危険ですので」

出産本の、帝王切開のページなんて読んでもいなかった。真っ青な顔で手術の同意書にサインしていた宇太郎を憶えている。

ストレッチャーで運ばれるわたしの手を強く握り、宇太郎は言った。

「三人でいろんなところに行こうな」

手術室へ入っていくわたしに向かって、宇太郎はさらに声を張った。

「二人でも、もっといろんなところに行こうな！」

必死で言う宇太郎の顔や声が、あのときは可笑しかった。なのに、今はなぜか泣けてくる。

窓に映ったソファの上の携帯が光った。深呼吸して振り返り、そこに浮かんだ文字を読む。

「お腹の調子が悪くて途中下車。ごめん、家着十二時五分」

メールはこう続いていた。

「優しくしてください、千映先輩」

ふっと笑ってしまうと同時に、ふすまの開く音がした。

黒目がちの濡れた瞳が、わたしの姿をとらえる。目が合うと恵はにこっと笑って、一歩一歩こちらへ向かってくる。何にもつかまらずに。

「まま」

両手を伸ばしてくる。目の前の親に抱っこしてもらえることを、愛されていることを、微塵も疑わない笑顔。娘を抱き上げてわたしは、もう一度窓を拭う。

角を曲がってこちらへ駆けてくる宇太郎が見えた。

「パパだよ」

宇太郎は猛ダッシュしている。あんなに一生懸命走って、お腹の調子は大丈夫なんだろうか。

「見える？　めぐちゃん。パパだよ」

そのとき。

わたしを見上げて笑う恵の唇が、今までにない動きをした。

あれ、と思ったつぎの瞬間、空気が弾けた。

「ぱ、ぱ」

えっ。驚いたわたしの声の大きさに、恵の顔が一瞬ゆがんだ。慌ててあやし、笑いかける。

「すごいね、めぐちゃん。パパって言えたの？」

「ぱ、ぱ」

やっと言えたその言葉を、宇太郎はどんな思いで聴くだろう。きっと、全身で歓喜を表現する。割れんばかりの拍手とともに恵を褒めちぎるだろう。

そして同時に、わたしのことも絶賛してくれる。宇太郎はそういう人だ。

もしも、わたしが宇太郎に対してすばらしいと感じている半分は真実で、残りの信じることが難しいと感じる半分はわたしの成育環境による思い込みだとしたら。宇太郎はほとんど完璧な人だ。わたしが勝手にドツボにはまっていきさえしなければ、わたしたちは、この上なく幸せな人生を歩んでいける。

「ぱ、ぱ」

でも、と思い直す。何が真実かなんてわからない。

「それに遅刻は遅刻だし。ね？　めぐちゃん」

帰ってくるまでに恵を眠らせ、明日のお愉しみにしてしまおうか。

「ぱ、ぱ」

恵が、遠くの宇太郎にふくふくとした両手を伸ばす。抱っこをせがむように。

2　愛から生まれたこの子が愛しい

ラジオから千映（ちえ）の好きな歌謡曲が流れてきた。

乱切りしたれんこんを酢水にさらして、手を止める。

暗く、広がりそうで広がらないイントロ。エレキギターに続くダダ、が胸をはじく。

早くふたりが帰ってきたらいいのに。千映が好きな、最後のスキャットまでに。

この曲をはじめて聴いたのは三か月前。千映の一歳半健診の帰りに、ふだんは行かない商店街に脚を延ばしてみた。そこで立ち寄った精肉店で流れていたのが、この曲だった。

不思議な曲だと思った。特に拍の取り方が。

地味な歌ですねえ。ショーケースの向こうから店主が笑いかけてきた。私はそうは思わなかった。だから黙っていた。どこに向かうのか予測がつかないコード進行も、この歌の魅力がわかるかと挑発してくるようなベースも、極めつきの転調まで、ぜんぶこんなに恰好いい。

繋いだ手のずいぶん下の方にいる千映に目をやると、同じように聴き入っていた。頰の肉に挟まれた唇をほうっと薄くあけて、黒目がちの濡れた瞳で椅子の上に置かれたラジカセを見つめている。
千映はなんでも吸収する。じっと見る。じっと聴く。時々妙に的確なことを言う。感受性も豊かだ。絵本や紙芝居を読んでやると、驚き、笑い、時には泣いたり怒ったりする。いま、この子はどんなことを考えているのだろう。

唐突とも言える潔さで曲が終わる。私の手を握る千映の力がふっと抜けたのを合図に、私たちは歩き出す。一歩ごとに千映のサンダルが鳴る。キュッキュッと小鳥が高くさえずるように。お気に入りのサンダルを履いて、ちいさな千映が歩いている。曲の余韻を千映の足音は邪魔しない。身体を千映の側に傾けるようにして手を繋ぎ、ゆっくり歩く。あんよが上手ね、母世代の女性からすれ違いざま声をかけられた。笑顔で会釈を返しながら、考えていた。千映も私も心を鷲掴みにされたあの曲。もう一度聴くことができるだろうか。

心配は杞憂に終わった。この三か月で何度耳にしただろう。大ヒット曲になった。千映もすっかり憶えてしまった。愛を誓い合った幸福な日々、でも幸せは長続きしない。そんな歌詞の意味もわからぬまま口ずさむ。

鍋に油を熱し、鶏肉を入れた。ジューッという音が木造平屋の隅々まで広がっていく。最後の転調は、上がるのに暗い。肉が焼けていくのを眺めながら聴き入っていると、玄関の扉がガラガラと開く音がした。一瞬の間のあと、

「トゥールルートゥールッルルトゥールッルルトゥールッルルル」

千映がスキャットを口ずさみながら上がり框をふみしめタタタッと走ってくる。ただい

まっ、短く言ってロッキングチェアに座り、歌い続ける。

「おっ、いい匂い」

スーパーの袋を手に、夫が入ってくる。れんが色の大きなTシャツとゆったりしたジーパン。

「この歌が好きなんて、千映は渋いよなあ」

「いい曲よね」

鶏肉の皮目に焼き色がついたことを確認し、裏返しながら菜箸片手に応える。

「そうか？　落ち着かないというか、気が抜けたような歌だと思うんだがなあ」

ざるにあけておいた干し椎茸の石づきを切る。背後で夫がそうだ、とうれしそうに話し出す。

「さっきそこのバス停で、じいさんに話しかけられたんだよ」

「知ってる人？」

「知らん。仙人みたいなじいさんでよ、千映を見て『この子は将来大きなことを成し遂げます』ってきっぱり言ったんだよ」

「大きなことってなによ」

「それはわからん。でも妙に真実味があってよ、当たるんじゃないかって気がするんだよ。ほら、千映はちょっと他の子と違うだろう、聡くて。生まれてたった九か月でしゃべる赤ん坊なんて聞いたことがない。さっきだってそのじいさんに『今日も暑いですねえ』って話しかけたんだぞ。一歳で助詞を操れる子なんているか？」

そうねえ、と笑いを嚙み殺しながら鶏肉を鍋の端に寄せ、根菜とこんにゃくを加えた。いっそう大きな音が立つ。助詞云々ではなく、歌詞を口ずさむのと同じように、単に親が喋るフレーズを暗記しているだけじゃないのか。そう思うが口には出さない。跳ねる油、千映のハミング。台所をふみしめる私たちの足音、重いのと、軽いのと。機嫌よく喋る夫。鶏肉と根菜をしっかり炒めてから酒をふり、だし汁を加えた。夫が千映の方へ歩いていく。抱き上げて高い高いをする。悦ぶ千映の笑い声が、狭い我が家に響き渡る。千映は凄いなあ。賢いなあ。言いながら頭をくしゃくしゃっと撫で、また高い高いをする。千映がもっと笑う。普段は原理原則がどうとか基礎学力がどうとか言うのに、娘のこととなるとこうだ。意外と親ばかだったんだ、この人。


夫とは屋台で知り合った。

「きくらげ、大根、すじ、ごぼてん」

あ、いい声。

まずそう思った。流行歌手の色ある歌声のように、どこか耳に引っかかる。顔を上げて声のした方を見ると、対角線上にいた彼と目が合った。眉と目の間隔が狭く、鼻の隆起しはじめる点がずいぶん上の方にある。ギリシャ彫刻のような濃い顔立ちに、屋台の裸電球が深い陰影を作っていた。豊かな黒髪は肩につくほど長く、あまり床屋には行っていない様子だった。学生で余裕がないのか無精なのか。おそらく実家暮らしではないだろう。

お互い同性の友人と来ていて、四人でいっしょに呑むことになった。

彼は私が浪人してても入れなかった大学の院生だった。年齢は私よりひとつ上。酒が進むにつれ笑顔も見せるようになったが、喋るのは主に友人の方で、彼の口数は極めて少なかった。ああ、とか、うん、とか相づちを打つ程度で、意見を求められてもすぐに回答を出すようなことはしなかった。じっくり考えてから、ぽつぽつと言葉を口にする、その思慮深い顔つき。時折煙草を喫い、焼酎を呑む。お湯割りで暖をとるように、ゆっくり呑む。彼が言ったことに対して、友人が笑う。つられて彼も笑顔になる。くっきりとした目元をゆるませたときにできる、目尻の皺に好感を持った。

私の方も、友人がよく喋った。あとになって彼は私の印象を、すかした女だなと思ったよ、と言った。

彼の住まいは中学校の構内にあった。

「ダメ元で申し込んだ仕事だったんだ」と彼は言った。「講義に支障がなく、人と話すことも少ない。住居は3DK平屋一戸建て、水道光熱費もただ、給与は七万円。こんないい条件ほかにないだろう」

彼は中学校の夜警のアルバイトをしていた。十七時に職員室へ行き、巡回用の時計をもらう。二十一時、零時、三時に懐中電灯を持って校内を見回り、設置されたチェックポイントの鍵を時計に差し込んで回す。すると中の紙に巡回した時間が記録される仕組みらしい。翌日その紙を職員に渡して一日分の仕事は終了。彼はその任務をきちんと遂行したが、時々、見回りの合間に公園脇のおでん屋台に出てきて呑んだ。出てこられないときは部屋でひとり呑んでいるようだった。中学校はゆるやかな坂をのぼりきったてっぺんにあったので、行きはいいが、帰りが億劫なんだと零していた。

声だけでなく、彼は横顔にも不思議な魅力があった。ひとりを好む気持と人恋しい気持とが混在していた。彼のような男性に出会ったのははじめてで、二度、三度と顔を合わせる度にどんどん惹かれていった。

彼はいつも焼酎のお湯割りを呑んでいた。大学入学当初はビールやコークハイを呑むことが多かったらしい。そのうち二級ウイスキー、日本酒が定番になったが、オイルショックで物価が上がったため、やむをえず焼酎に変えたのだと言っていた。私はビールを好んで呑んだ。ビールは腹がすぐにふくれる、と彼は顔をしかめたが私はいくらでも呑めた。焼酎には独特のきつい匂いがあり、はじめは苦手だった。しかし彼と過ごす時間が長くなるにつれ、私も焼酎が好きになった。

彼は基本的には理知的で穏やかな人だった。

屋台ののれんをくぐると、彼が端っこの席でひとり学術書らしき本を読んでいる。白く長い指で、髪の毛の先をつぶしながら。それは彼が本を読むときの癖だった。そのときに発するざり、ざり、という音は私の気持を高揚させる音になった。

人をはじき飛ばすような険しさと、誰かにそばにいてほしいと願う切実な飢え。彼は頭はいいのにその葛藤を乗り越える術を知らず、だから酒や本の中に迷い込むのだろうかと考えたりした。

一度だけ、彼の昔の恋人に会ったことがある。

パブや結婚式場でエレクトーンを弾く仕事をしていた私は、平日の昼間は比較的ひまだった。彼の大学院のそばで待ち合わせ、繁華街を歩いていたら、となりの彼がふいに身体をこわばらせた。

「知り合い？」

正面から歩いてくる女性は、まっすぐ彼を見つめている。というよりほとんど睨んでいる。

「昔の彼女」

「薬学部の？」

「そうだ」

すれ違いざま、彼女は一瞬だけ私の顔を見た。睨んではいなかった。知的な雰囲気の、すらりとした美人だった。

私がなぜその彼女の学部を知っているかというと、はじめて性交したときに彼が「昔付き合っていた女性に、あなたは子どもができませんと言われた。確かな情報だ」と避妊具を使用しない理由を説明したからだ。どう確かなのか尋ねると、薬学部の彼女が検査できちんと調べた結果だから、と言う。わかるようなわからないような話だった。信憑性は不明だったが、彼はその件に関してずいぶん落ち込んでいる様子だったので、少くとも彼が女性からそう告げられたことは嘘ではないと思えた。

彼女とはダンパで知り合ったのだと言っていた。ジルバもブルースも上手に踊る女性で、大勢の人目を惹いていたらしい。酒が強く、頭もよく、話していて楽しかったそうだ。じゃあどうして別れたのと訊くと、そこは口をにごす。言いたくないなら言わなくていいと思い、それ以上は尋ねなかった。私にだって突っ込まれたくない過去の二つや三つある。

じゃあなんで私と付き合ったの、という質問も一度だけした。彼は即座にはぐらかして別の話題を持ちだし、焼酎のお湯割りを何杯か呑んでからやっと、

「あんたはちょっといい加減だからそこが気楽でいいのかもしれん」

もうなんの話だかわからなくなった頃に、ぼそっとそう言った。

妊娠がわかったとき、私は産む以外の選択肢を一切考えなかった。

この子の存在を歓迎しない人がいるかもしれない。その考えは脳裡をよぎったが、そんなことはこの子と私の人生にはまったく関係のないことだった。

彼の夜警のアルバイトがはじまる一時間前に、繁華街で待ち合わせた。立ち呑み屋でも行くかと言う彼を喫茶店に誘った。彼はアイスコーヒー、私はグレープフルーツジュース

をたのんだ。

「珍しいな。きっちゃてんに来たと思ったらジュースなんて」

彼はなぜか喫茶店を「きっちゃてん」と呼んだ。

「昨日、ばあさんから手紙が届いたんだよ」彼がうれしそうに話しはじめる。「ばあさんは文字も満足に知らんから、ひらがな、カタカナ、漢字が入り乱れてよ、おまけに誤字もあって、半ば暗号を解読するようだったよ。まあ要は、しっかり勉強してくださいという内容だったんだが、ばあさんから手紙をもらうなんて生まれてはじめてのことだからたまげたのなんのって」

「赤ちゃんができました」

言下に告げると彼は呆けたように口をあけて、私の顔を見た。

氷が溶けて高く鳴った。

しばらく考えてから、彼は言った。

「それは俺の子ではない」

髪の毛が逆立つような感覚をおぼえた。

「私はあなた以外と寝ていません」

半分ほど残っていたアイスコーヒーを一気にのみほして、彼は口をひらいた。申し訳なさそうに。

「前にも話したと思うが、あなたは子どもができない身体ですって、言われたんだ」

ゆっくり、噛んで含めるように説明する。

「薬学部の彼女にね」

「そう、薬学部の彼女に」

「でも、いるのよ。ここに」

私は下腹部に掌を当て、診察してもらった病院と医者の名前を言った。

「もし、万が一それが俺の子だったら」

「万が一ではなく、あなたの子です」

「そうだったら、申し訳ないが、いまはちょっと難しい」

逆立った髪がすべて引っこ抜かれるような衝撃と痛みが走った。

「あなたは、私に人殺しをしろって言うの？」

産む。その一点以外なにも決まらぬまま喫茶店を出た一週間後、彼の祖母が亡くなった。七十六歳だった。あれが最初で最後の手紙になってしまったよ、と淋し気に言って彼は実家に帰った。そして数日経って戻ってくると、婚姻届を取りに行こうと言い出した。

はじめて屋台で会ったときいっしょにいた互いの友人に証人の欄を埋めてもらい、役所に提出した。双方の親には内緒だった。

生まれてくる赤ん坊をしっかり育てよう。役所からの帰り道、彼はそう言った。どうして突然そのような心境になったのか尋ねてみたが、はっきりとした答えは返ってこなかった。葬式に出て、何か命について考えるところがあったのだろうか。

もう手術はむりというほど妊娠が進んでから、母に報告した。嘘でしょう、と母は私の腹部に視線を落とした。

「ぜんぜん目立たないのね」

極端に身体のラインが出る服を着ない限り、誰も、同居している両親すら、妊娠に気づかなかった。

相手はどんな人なのか、どこに住んでいるのか、長男か、実家は何をやっているのか、母は根掘り葉掘り訊いてきた。知っている範囲で答えた。実はもう婚姻届は出してしまったのだと話すと、仰天して父の仕事場に電話をかけ報告した。差し出された受話器を受け取って耳に当てると、父はただ一言、「会ってみないとわからないね」と穏やかな声で言った。


コロッケとちくわの載った、ずっしり重いのり弁。

窓辺に腰かけてそののり弁を食べていたら、白い日傘を差した女の人が坂道をゆっくりのぼってきたのだと夫は話した。

「坂の上には中学校しかないだろ、生徒の母親かな、それにしては年齢が、と思いながらなんとはなしに眺めていたら、はっとしてしまってよ。あまりにもあんたにそっくりで」

母は菓子折りを持って夫の部屋を訪ね、そのまま自分の家へ連行した。

父は彼のことを気に入ったようだった。母はその場で彼の実家に電話をし、挨拶に行く日にちを決めた。両親と私で彼の家を訪れた日に、結婚式場と日取りの候補が絞られた。私たちは結婚式など挙げるつもりはなかった。指環も好きじゃないし新婚旅行もいらない。ふたりきりのときそんな話をしたことがあった。ほんとうに何もいらないということでいいのか。着々と話を詰めていく母親たちの陰で、夫が尋ねてきた。表札がほしい。さんざん悩みぬいた挙句そう答えた私を見て、夫は笑った。

彼の実家を辞去するとき、義父が私に紙袋を差し出してきた。中を覗いてみると、立派なカメラが入っている。お礼を言おうと顔を上げたら、照れくさそうに笑ってどこかへ行ってしまった。

「まあ！　私にはハンカチ一枚くれたことがないのに」

姑が忌々しそうに言った。夫から聴いた話や実際目にした様子から察するに、姑はほとんど義父を憎んでいるようだった。仲の好い両親を見て育った私には理解しがたく落ち着かない心地がしたが、きっと彼らにしかわからない歴史があるのだろう。

あれよあれよという間に結婚式の準備は進んだ。気がついたら私はウエディングドレスを着てエレクトーンの前に座り、ワルター・ワンダレイのサマー・サンバを弾いていた。親戚や友人が大勢集まり、豪華で賑やかな式だった。

出産に一週間かかったと話すと、そんな大げさなと誰もが笑う。でも事実だ。陣痛がはじまっても赤ん坊はなかなか降りてこなかった。三日目からはまともな会話もできないほど痛みが激しくなり、痛いと口に出して言うことすらできなかった。ひたすら無言で耐えた。いつになったらこの苦しみから逃れられるのか。あと一か月も二か月も生まれてこなかったらどうしよう。

その日。やっといきんでよいとなったとき、ふいに視界が赤くにじんだ。

夕日かそういう色の電球かと思ったら、両目から血が出ていたのだった。

「似とる……」

それが夫の第一声。自分とあまりにもそっくりな赤ん坊を見て、夫は肚を括ったようだった。まだ籍を置いてあった大学院に退学願を提出し、ホテルのフロント係や港湾労働や道路工事などのアルバイトをかけもちして、生活費を稼ぐようになった。


「かあちゃん、ここどこ?」

千映が私の手をひっぱった。

傘を叩く雨音がざんざん強い。

質屋、という漢字をこの子が読めるようになるのはいつだろう。そして意味を理解するのは何歳だろう。

「どこだと思う?」ほほ笑みかけてから、ごめんくださいとのれんをくぐった。

持参した袋を差し出すと、店主は中から着物を取り出した。紐をひとつずつていねいにほどき、折り合わせた紙を四方にひらいていく。虫よけ袋の香りはいつもどこか懐かしい。

千映は店内や、躾糸がかかったままの着物や、私と店主のやり取りを興味深そうにじっと見ていた。

質屋に行こうと決めたのはきのうの夜更けだ。ぶっと吹き出す音がしたので布団を抜け出し台所へ行ってみると、夫が手の甲で口元をぬぐっていた。傍らには料理酒。

「こいつは、甘じょっぱいだけで呑めたもんじゃないな」

「そりゃそうでしょう」

あきれながら雑巾を持ってくる。

「学生時代は天国だったなあ。いまじゃ毎日の酒にも事欠く始末……」

「私も仕事しようかなって思ってるの」

「お、いいじゃないか。交代で千映を見たらいいし。あてはあるのか?」

「実はね」雑巾片手に私は言った。「今日の昼間、おしめカバーのセールスが来たの。その女性が誘ってくれて、お給料も意外といいらしいのよ。だから、やってみたいなあと思って」

「ちょっと論点がよくわからないんだが、つまり何の仕事だ?」

「おしめカバーのセールス」

「やめてくれー」夫はのけぞった。「そんなみっともないこと。やるならエレクトーンの仕事の方がいいだろう」

エレクトーンねえ……、つぶやきながら床を拭き、とりあえず現金を作らねばと思ったのだった。

「あっわかった」千映が声をあげた。「ちえ、しってる」

「なにを知ってるの」

小鼻を膨らませ、千映が私を見上げた。

「ここ、クリーニング屋さんでしょ?」

質屋の店主が大笑いした。私も笑った。千映だけがきょとんとしている。

千映のおかげか、予想よりも高い金額で預かってもらえた。嫁入り道具の着物。人によってはみじめな気分になるのかもしれないが、私は自分でも不思議なほどまったくそういう心持にならない。

私は幸福だった。愛する人と、こんなに可愛くて賢い娘と、三人で暮らすことができて。

質屋のあとは駅前のスーパーに行き、つまみの材料をかごに入れていった。焼酎も買った。なんだか豊かな気分だった。雨で仕事が休みになった夫は、今頃家で本を読んでいるだろう。彼が思考の海に潜る、その様子を想像するとうれしくなった。濡れた床で千映がすべってしまわないよう、ぎゅっと手を握り直した。

家に着くころには雨脚が少し弱まっていた。

千映と顔を見合わせて人差し指を立て、そろそろと扉をあける。

ラジオからジャズが流れていた。

ウッドベースがゆったりとリズムを刻み、しとしとと続く雨降り音と混ざる。太い弦から弾かれた空気が千映と私のいる土間にシャボン玉のように舞い降りる。その音の泡ひとつひとつにテナーサックスの艶めかしい音色が絡まる。

私たちは忍び足で床を歩いた。

夫はざりざりと髪の毛をつぶしながら、英語の本を読んでいた。傍らには垢じみたポケット辞書。彼の、いちばん大切にしたい時間。

満たされた横顔を眺めていたら、はっとした。

あの日、祖母の葬式から帰ってきた日。彼は私がいちばん大切にしたいものを、大切にしてくれたのだ。

「わっ」

千映が駆けていって飛びつくと、夫は目を丸くして驚いて、それから千映を抱きしめた。

私も彼に対して同じことがしたいと思った。彼が大切にしたいものを、いっしょに大切にする。きっとそれが信頼に繋がる。

つまみをつくりながら、合間にパンの耳を揚げてざらめをまぶしたものを千映に与えた。

葱とイカの酢味噌和え、湯豆腐、鶏皮ポン酢。食卓に並んだ料理を見て、夫の目尻が下がる。日焼けした肌と、引き締まった筋肉。

「今日は豪勢だなあ」

「焼酎もあるよ」

「さすが！　わかってますねえ」

「刺身も迷ったんだけど」

「ああ、それは明日たらふく食えるから。わざわざ高い金出して買うことはない」

明日は夫の実家に三人で泊まりに行くことになっている。海が近いから新鮮な魚介類が食べられる。難点は、私だけお酒が呑めないこと。姑は「おなごが酒を呑むなんて」という考えの人だから。実際は夫より私の方が酒は強いのに。

夫用に作ったつまみを千映が食べたがる。箸で少量つまんで口に入れてやると悦んでもっともっとと欲しがる。

「ハハハ、千映は将来酒呑みになるぞ」

夫がうれしそうに笑う。


「いつまでもアルバイトじゃ体裁が悪いでしょ」

仏間でご先祖様に手を合わせる夫に、姑が詰め寄る。

「これから千映ちゃんの学費だってかかるのよ。ちゃんと就職して、妻子を食わせていかないと。それが男の務めってものでしょう」

夫は二日酔いに乗り物酔いが相まってむっつりと黙り込んでいる。手を合わせているにしても、目を閉じている時間が長すぎる。

昨夜はふたりで一升瓶を空にしてしまった。私は朝すっきりと目覚めたが、夫は頭ががんがんすると言って、布団からなかなか出られなかった。しじみの味噌汁を作り、朝風呂を沸かしてやってやっと、布団から這い出てきた。

夫が話を聴いていようがいまいがお構いなしに姑は、夫の同級生の誰々は役所勤めで子どもは私立の小学校だとか従弟の誰々ちゃんは有名企業に就職して給料もいいようだとか話し続けている。夫がコネ入社できそうな会社を探しているとも。

彼は目を閉じたまま苦々しい表情を浮かべていた。酔いのためではない。

私はいまの生活で充分だった。

いや、いまの生活がよかった。

ふたりで働けば千映ひとりくらい育て上げられる。会社員だけが生きる道じゃない。それに、と夫の横顔をちらりと見て思う。この人はちょっと繊細なところがあるから、組織の中で戦うのはきっと難しい。

お金持ちじゃなくていい。持ち家も車もいらない、夫は有名企業に勤めてなくていい。出張や単身赴任なんてまっぴらだ。

家族が元気で、思いやり合って、食べていけるだけの収入があって、それぞれがやりたいことに邁進できて、時々好きな本や映画や音楽に触れられたら。完璧だ。完璧に幸せな人生だ。

夫は考え事をするのが好きだ。学問が好きだ。夫がここ数年続けているアルバイト生活は、夫のやりたいことに合っていると思う。日光を浴びて身体を動かし、休憩時間に読書したり仕事中に浮かんだ考えをノートに書き留めたりして思索にふけり、収入を増やしたければ仕事時間を増やし、自由が欲しければ減らせばいい。もし夫が会社員だったら、こんな生活は到底叶わない。夫が会社員になることを私たちの家族は誰も望んでいない。千映に訊いてみたことはないが、こういう生活になるとおおよそのスケジュールを示したら、きっとそんなのいやだと顔をしかめるだろう。

「さんぽに行こう」

おもむろに夫が立ち上がった。私と千映を見おろし白い歯を見せる。やったーと千映がジャンプする。

「さんぽって、いま来たばっかりなのに」

姑の小言を遮るように夫は仏間を出てずんずん歩き、青い雪駄に足先を入れた。

千映を肩車して前を歩く夫の名を呼ぶ。海辺の光をまとった夫が振り向く。

「あなたが通っていたのって、あの分校?」

松原と松原のあいだにある道路を指差した。分校へ続く道だと、看板が出ている。

「そうだ。あの分校に、小学二年まで通ったんだ」

「ぶんこう?」と千映が尋ねる。

「ちっちゃい小学校のこと。千映も六歳になったらランドセルしょって小学校に行くんだ」

「なんていうか、随分牧歌的ね」

「その通り。給食もない、チャイムもない、ないない尽くし」

「チャイムがなくてどうやって授業が始まるの」

「雑用係の職員がカランコロンカランと鐘を鳴らすんだよ。それが始業終業の合図。時々鳴らすのを忘れて休み時間が長くなることもあった」

じゃあ、と言って私は自分の背後に隠していた手をさっと前に出す。

「あそこに通っていた頃、これで遊んだ?」

掌の中の竹とんぼを、夫は慈しむように見て、そっと受け取った。

「親父か」上げた顔が輝いている。

そう、と笑いを噛み殺して答える。この得意げな顔。子どもみたい。

雪駄を履くなりすたすた歩いて行ってしまった夫のあとを追うため、千映にサンダルを履かせていたら、義父がやってきて手渡されたのだ。精巧な、竹とんぼ。千映のために作ってくれたらしい。

「親父は手先が器用なんだよな。千映がもう少し大きくなったら、竹馬も作ってくれるぞ」

しっかり持っておくように。夫は千映によく言い聞かせてから、ちいさな手に竹とんぼを握らせた。

「あ、あの消防車にはな、千映」夫が道の向こう側に身体を向ける。「千映のおじいちゃんが乗っていたんだ」

「そうなの？」

「ああ、消防団の団長をやっていたから」

どこか誇らしげな表情で夫は言った。この人は、父親のこととなると少し子どもっぽくなる。

「火事のときだけじゃなく、台風で豪雨になったら堤防を補強したり、海で溺れかけた人を救助したり。分校に来て防災教室を行うこともあったな」

父親が自分の学校に来て皆の前で何か話す。その場面を想像すると私は少し恥ずかしかったが、夫はそんなふうにはまったく感じていないようだった。

「親父は運動神経が並外れて優れていてよ、特に器械体操はすばらしかった。鉄棒の大車輪や床の前方宙返りができる人間に、会ったことあるか？」

「ない」

「だろう。分校に来たときは必ず、子どもたちや教師にせがまれていたな。おじさん大車輪やって、宙返りも、って。個人技だけじゃない。親父は集団をまとめるのも抜群にうまいんだ。たとえば消防団が集まって宴会をひらくときはな、フグをトロ箱単位で調理して、酒を呑んで大騒ぎするんだが、揉めごとは一切なかった。血気盛んな男が大勢集まってるのにだぞ。今思えば、親父がうまく統制していたんだな。あのときたらふく食べたフグや新鮮な魚介類のうまさは、いまだに忘れられない」

「いいなあ。おいしいお刺身……今夜もきっと並ぶだろうけど、私だけお酒なし……」

拗ねた私を見おろし夫はハハハと笑った。

「湯のみにこっそり入れてやろうか」

「うん！」

即答した私を見て、夫がまた笑う。

「ねえ、仏間の遺影に、ひとりとても若い男性がいたね。あれは誰？」

「親父の弟。優秀な高校を出た秀才で体力もあって、将来を嘱望されていたのに、たったの二十七歳であっけなく死んでしまった」

夫は死因となった病名を口にした。

「遊んでもらった記憶はある？」

「ある。叔父は俺に対しては非常に優しい男だったんだよ。一方で、兄である親父や、おふくろやじいさんばあさんに対しては狂暴で、よく物を投げつけたり殴ったりしていた。とにかく金が必要だったんだろうな。酒と博打にうつつをぬかし、ヒロポンにも手を出していたから。叔父と彼らの関係は子ども心にもふつうとは思えなかったよ。金銭も絡み、ほんとうに悲惨なものだった」

「叔父さんが亡くなったとき、あなたはいくつだったの」

「小二。叔父がいよいよ入院となったとき、最初はいつもの彼らしく豪快で柔和で、余裕もあったんだが、数か月も経つと日に日に怖ろしく暗い顔になっていったんだよ。それが死の恐怖によるものだって、子どもの俺でも痛いほどわかったんだ」

そう、と私はうなずいた。

いつか、あの叔父さんと同じ並びに、夫や私も飾られることになるのだろうか。

それから私たちはしばらく浜辺で遊んだ。千映は走ったり波の感触を掌や足先で確かめたり穴を掘ったりした。好奇心の赴くままに。

千映。呼んで夫が両掌を擦り合わせ、ぱっとひらく。竹とんぼが空高く飛んでいく。千映が歓声を上げて追いかける。

ちいさな蟹が砂浜から顔を出し、またすぐに引っ込んだ。ガラスの破片を、千映がふんでしまう直前に夫が拾い上げポケットに入れた。おなかすいたと千映が言い出すまで、私たちは千映のしたいようにさせた。見守り、いっしょに愉しみ、愛おしんだ。時々夫が私の手をぎゅっと握った。

さっき来た道を引き返しながら、夫は、私と千映に木や花や虫の名前をたくさん教えてくれた。

夫と大喧嘩になった。こんなことは知り合ってはじめてだ。夫が発散する、どうにもならない怒り。発端はもう思い出せない。おそらくその話し方が気に入らないとか、何かの約束を破ったとか、矛盾がどうとか、そういう些細なことだと思う。

口論が激しさを増していくうち、あることに思い当たった。

もしかすると、夫はプレッシャーを感じているのかもしれない。

夫は来月、企業の採用面接を受けることになっている。姑が口利きをした、誰でも知っている一部上場企業だ。受かったら生活が一変する。引っ越しもしなければならない。勿論夫は乗り気ではなかった。私も断るだろうと思っていた。しかしあるとき、その会社の人事部長が直接うちに電話をかけてきた。ともかく面接だけでも、と部長は言った。昔義父に世話になったとかで、恩があるのだと。

その部長と何度か電話で話すうち、夫の発言が少しずつ変化してきた。

「一度企業で働いてみるのも悪くないかもしれない」

「どうして」私はびっくりして訊き返した。

「将来、千映が医学部に行きたいと言ったらどうする？　留学したいと言ったら。今の生活のままでそれらをかなえてやれるか？　千映が生涯かけて究めたいと思うような学問を見つけて、それをやっていくにはある程度の費用が必要だとしたら」

「それはまたそのときに考えればいいわよ」

はあっと夫はため息をついた。

「どうしたらあんたみたいに楽観的になれるのか、俺は知りたいよ」

「楽観的じゃなくて、ほんとは考えなしって言いたいんでしょう」

「まあいずれにせよ、ある程度の金は必要だろう」

だから就職のことは前向きに考えることにした、と宣言しておきながらまだ決定もしていないうちからこうして苛立っている。

「おまえは大体行動に一貫性がない」

「たとえばどういうことよ」

喧嘩したときの常で争点がどんどんずれていく。こんな話がしたいわけじゃないのに、こんなことはどうでもいいのに、頭の中できっとお互いそう思っていながらおさまりがつかない。

「おまえはさっき俺に、千映を小突くなと言ったな」

「言ったよ。だから？」

「そういうおまえはどうなんだ。千映が何度注意してもアイロンに触ろうとするからって、わざと手を摑んで熱い面に触らせたじゃないか。よくあんな酷いことができるな」

「熱いって言ったってだいぶ熱がとれてからだったし、ほんの零コンマ何秒だったじゃない。それにあれはやけどの危険を千映に教えるためでしょ」

「俺だって意味もなく千映を小突いたわけじゃない」

意見がまったく折り合わない。

どこまで行っても平行線の争いに疲れ果てた私は、ついに言った。

「こんなんでやっていく意味はあるのかな」

夫がふいを突かれたように、黙りこんだ。

言い合いに夢中になっていた私たちは、千映が目を覚ましていることに気づかなかった。

衣擦れの音に慌てて口を閉ざしたときには、目に涙をいっぱいためた千映が歩いてきて、私の手と夫の手をぎゅっと掴み、むりやり重ねようとした。

「なかよし、して！」

ぷっと笑ってしまい、私は夫の背中に腕を回した。夫が、おずおずと私の頭を撫でる。同時に千映の頭も。それから三人で抱きしめ合った。満足げな笑顔で、千映が私たちを見上げた。

天井から、空気で膨らませるおもちゃの魚がぶらさがっている。数か月前の給料日に、夫が買ってきたものだ。その魚の下で千映が、心地よさそうな寝息を立てている。

「千映は生まれて二年も経っていないのに、理解力が並大抵じゃないな」布団の中で夫がつぶやくように言った。「さっき泣いたみたいに感情をすぐ出しはするが、忘れるのもうまい。俺は千映から学ぶところがたくさんある」

「私もね」

「そういえばさっき、こんなんでやっていく意味あるのかなって言っただろ」

「あれは」

売り言葉に買い言葉で。言い訳しようとする私を夫は「いいんだ」と優しく遮った。

「いいんだ。それでやっていくんだ。ぶつかっても、対話して、やっていくんだ」

夫が傍らにあった自分の鞄を掴んだ。いつも仕事場に持っていく頭陀袋（ずだぶくろ）みたいなぼろぼろの鞄だ。中に手を突っ込んで、彼が取り出したのは、縦に長い年輪のでた木の表札だった。私たち三人の名前が彫ってある。

「どこで買ってくれたの？」

「買ったんじゃない。俺が作ったんだ」

仕事の合間に少しずつ作業を進めたのだと言う夫の首根っこに、私は抱きついた。

「俺のじいさんは七十六で死んだ」

行為の後で煙草に火をつけながら夫は言った。

「じいさんのおやじも七十六で死んだ。ばあさんもそうだっただろう。俺もそれくらいで死ぬんじゃないかと思う。よくて八十だな、医学の進歩もあるし」

「そんなこと言って、意外と百まで生きたりして」

「いや、それはない。俺は、人の一生はだいたい生まれたときに決まっているんじゃないかと思う。大方、遺伝子にプログラミングされているんだよ。そうなったとき、大勢の人間に死に顔を見られるのは勘弁してほしいな。見られるなら、あんたと千映だけがいいなあ」

「私の方が先に死ぬかもよ」

「その可能性はゼロに近い。能天気な人間は長生きするんだ」

「なにそれ。じゃあもし万が一私が先に死んだら、蝶々になって、あなたに最期のお別れを言いに来るね」

死んだら蝶、そうつぶやいて夫はふーっと煙を吐き出した。「アイルランドにそういう信仰があると聴いたような気がする」

「あ、その人を馬鹿にしたような顔」

「馬鹿にしてはいない。だが基本的には死んだら無だ」

「どうして言い切れるの」

「論理的にあり得ないからだよ。百歩譲って、限りなく無に近いが完全に無ではない、という可能性があるとしたら、別の生き物の腹を満たすとか、土に還って植物の栄養になるとか、その程度じゃないか」

「じゃあ、あなたは葉っぱになるってことね」

面倒くさくなってそう言うと、夫は考えを巡らせるようにしばらく黙り込み、葉っぱの一部ということなら、とくわえ煙草で言った。

「蝶よりは筋が通る」

「ねえ、あなたが七十六歳っていったら、千映は」

「五十。ハッ、五十かあ」

「孫が生まれているかもね」

「いや、孫どころかひ孫かも」

「愉しみ？」

「愉しみのような、怖ろしいような……」

夫の声を聴いているうちに瞼が重くなってきた。

たぶん、私の方が先に眠りに落ちたと思う。カーテンから差し込む光で目が覚めると、千映はロッキングチェアに座って揺れていた。瞼をひらいた私に気づくとさっそく駆けてきて、おはよう、早く動物園行こう、と掛け布団をめくろうとしてくる。まだ隣で眠っている夫を起こさないように布団を抜け出した。

洗濯機を回しながら朝食の用意をして、起きてきた夫と三人で食べた。洗濯槽から脱水槽に衣類を移し、脱水を終えて三人で干した。千映はパンパンとハンカチの皺を伸ばすのが上手だ。夫は例のごとく大げさに褒める。小鼻を膨らませた、千映の満足げな表情。

夫はいつものTシャツとジーパン。私と千映はお揃いの赤いワンピースを着た。出かける直前、夫に頼んで玄関脇に釘を一本打ってもらった。そこに紐で、表札を結び付けた。夫の得意げな表情は、千映とよく似ている。

大通りに出て、バス停のベンチに腰かけた。

「あ、ありさん！」

千映が私たちの足許を指差す。そしてぱっとしゃがんで地面に顔を近づける。

「仕事は、蟻を残忍にするばかりではなく、人間をも残忍にする」

夫が言った。私はその言葉を心のなかで反芻した。動物園行きのバスが見えた。トルストイの言葉だ、と言いながら夫が立ち上がる。

千映はまだ、蟻の行列をじっと見つめている。


フラミンゴの柵の前で、千映がしゃがんでいる。じーっと覗き込むように見て、その場を動こうとしない。もう何分経っただろう。

「何を考えてるのかな」

「わからん」煙草片手に夫は言った。「でもいいんだ、見たいだけ見させてやろう。あの年代の脳みそは柔らかいから、猛烈なスピードでなんでも吸収する。鳥を一羽観察するのだって、とてつもない勉強になる」

ぱっと立ち上がり、千映が駆けていく。

シマウマ、バーバリーシープ、アメリカバイソン。

千映が立ち止まる度に、私たちも足を止めた。

あるとき千映が、爬虫類舎脇の何もない植え込みでとつぜんしゃがんだ。

「そこに動物はいないよ」

私が言うと、ぷっと頬をふくらませて、

「いる！　こけこっこがいる！」

しげみの奥を指差す。

夫と顔を突き合わせ、覗き込んでみた。

ほんとうにいた。顔を見合わせ、私たちは笑った。

「賢いなあ、千映！」

夫がうしろから千映を抱き上げ、高い高いをする。私は鞄からカメラを取り出して、ふたりを撮った。カメラを構える私の方へ、夫が抱っこした千映を近づける。自分の顔もいっしょに。ふくふくとした、夫と娘の、満面の笑み。

今日の出来事を、千映はきっと忘れてしまうだろう。アルバムに挟まれた写真を見て、遠い昔に三人で動物園に行ったことを知るだけだろう。

けれど、会話や目にしたもの、父親に抱きしめられた感触は、意識の深いところにしっかり根を下ろし、千映を大きく豊かにする糧となるだろう。


図書館行きのバスの座席に腰を下ろし、千映を膝にのせる。今日はこの子にどんな紙芝居を読んできかせよう。ひとつに結んだ髪の毛の、襟足がうなじに汗ではりついている。このしっかりとした毛質、夫にそっくりだ。笑ってしまう。

千映は車窓を流れていく景色をじっと見つめている。おもてはアスファルトに陽炎がゆらゆら立ち昇るほど暑い。

夫は、秋風が吹く頃、会社員になる。

収入が安定するのはありがたい。私は千映とたくさんの時間を過ごせる。おいしいつまみを何種類も作って夫の帰りを待てる。毎晩ふたりで晩酌を愉しめる。引っ越しが済んだら、彼が働きやすい環境を整えよう。稼いでくれる彼に感謝しよう。ちゃんと節約して、千映の将来のために貯金しよう。けれどもし彼が辞めたいと言い出したら、ためらうことなく彼の思うとおりにさせてあげよう。

大丈夫だ。

きっと、私たち三人は大丈夫。

そのとき、ふいに千映が背筋を伸ばし、窓に額をごつんとぶつけた。

「どうしたの、大丈夫」

「とうちゃん」

え、と言って千映のぷっくりとした指の示す方向に目をやる。

夫がいた。

道路工事の現場で、汗を流し重そうな資材を運んでいる。盛り上がった肩の筋肉、こめかみをつたう汗。それを拭う手の甲。窓を開ける間もなく夫はぐんぐん遠ざかり、見えなくなった。

「トゥールルートゥールッルルトゥールッルルトゥールッルルル」

千映があのスキャットを口ずさむ。

幸福だ。彼と出会ってもう何度目かわからない、そのことをまた思った。

3　愛で選んできたはずだった

バスの窓から、ちいさな女の子が手を振っている。その笑顔に思いがけず胸を衝かれる。振り返そうとしたときにはもう、バスは遠い。

「アチ！」

煙草を指に挟んだまま手を高く上げる、灰が飛ぶ。立ち食い蕎麦屋から出てきた客が、妙な生き物でも見るような目つきで俺を見た。さっき店内でカレーを食っていた男だ。お前の方がよっぽど変人。匂いだけで胸やけがするものを、朝っぱらから猛烈な勢いでかっこんでいた。福神漬けを嚙む音がまたすさまじかった。よっぽど歯が丈夫なんだろう。親の仇のように嚙み砕くその音に風前の灯火だった食欲が完全に消えうせ、蕎麦の熱い汁をすするだけで店を出た。

そういえば、と再び煙草をくゆらせながら思い出す。昔、アチチのおじちゃんと呼ばれた人がいた。親父の同級生で、会えばいつも何かしらふざけたことをする陽気な男だった。俺が親というものになってからは、からかう標的が千映（ちえ）に移った。とりわけ何度も繰り返されたおふざけは、火のついた煙草を俺の手に押しつけることだ。もちろんほんとうに当てたりはしない。千映が気づくように、わざと動作を大きくして、ゆっくり近づけていく。

はっとした千映が俺の右腕に覆い被さって叫ぶ。やめて！　千映は俺の手も肘も二の腕もぜんぶちいさな身体に抱きしめる。おじちゃんが千映の身体の隙間から煙草を差し込もうとすると、猛烈な勢いで怒る。おじちゃんはにやっと笑い、仰々しく手を上げて、今度は左腕に押しつけようとする。慌てふためき移動する千映。左腕がぎゅっと包まれる。

やめてってば！　とうちゃんにアチチ、しないで！

涙目で。あの必死な形相。

くわえ煙草がゆれる。

よしっと気合を入れ、肩にかけた鞄の持ち手を摑み、会社目指して歩き出す。

生きるには金がかかる。生かすにも金がかかる。

もう日々地獄。朝起きた瞬間から夜寝る寸前まで仕事がある。やってもやっても終わらない。きつくて苦しくて最悪な日常。怒りが止まらない。苛々も止まらない。頭のなかに言葉が詰まっている。あの場で言うべきだったこと。やり残した業務。明日の打ち合わせで急な変更が生じた場合の対策。優先順位。部下への指示。準備。考えなければならないことが多すぎる。片時も脳が休まらない。むくわれなさ、やりがいのなさは疑う余地なくいまがいちばんだ。

俺は頑張っていない人間のために頑張っているだけなんじゃないのか。

どうしてこんなことになってしまったのか?

怒りと苛々を踏み潰して歩く。仕事で笑うようなことなど一つもない。落胆の上に憎悪、その上に蔑み、憤怒、諦め。そんなものだけ層にして貴重な一日を終えたくない。しかしいったい何をどうすれば気が晴れるのか見当もつかぬまま電車を降りる。

駅前通りを渡り、裏道に入ったとき、鰹節とソースの匂いが漂ってきた。

これだ、と思った。

温かい袋を提げて、ひと気のない坂道を上っていく。丸い模様のついたコンクリートのこの道を「丸々坂」と呼びはじめたのは千映だったか、俺だったか。どこかの家の風呂場で幼い子どもの声が反響している。それは一瞬で通り過ぎる。

学生時代も坂の上に住んでいた。俺が俺だけのために金も時間も使えた夢のような時期。ひとりで好きなだけ本を読み酒を呑みジャズを聴いていた。転がり落ちたかと思いきやまた坂の上。長く急な坂道を上りきる頃には息が切れている。

白宅が見えてきた。平屋の一戸建て。二つしかない部屋の東側、千映の部屋から灯りが漏れている。カーテン越しに、勉強机に向かう細い影が見えた。仕事から帰ってきて勉強している我が子を見て嬉しくなるのは、働いている意味があると思えるからかもしれない。俺のしょうもない一日は、少くともすべて無駄ではなかった。

影が立ち上がった。便所か、台所、それとも彼氏に電話。ちょうどいい、勉強の邪魔をせずに土産を渡せる。

鍵を差してドアノブを引いた瞬間、千映の後ろ髪とスカートの裾がひゅっと自室に吸い込まれた。もぐらが慌てて土の中に姿を隠すように。

口にしても仕方のない感情を飲み込み、革靴を脱ぐ。さっき千映が踏んだ床を歩く。温もりも何もない。千映が睨むのはいまや、俺の敵ではなく俺になった。千映の笑った顔を最後に見たのはいつだろう。

妻はまだパートから戻っていない。湯豆腐を作り、焼酎を呑み、深く息を吐く。

子を持って知る親の恩。耳元で母が囁く。確かに、人間ひとり大きくするのは並大抵のことじゃない。あと一年ちょっとの辛抱だ。せめて千映が高校を卒業するまでは。

親を疎ましく思うのも当然。成長の証だ。俺だってあれくらいの頃は母親から口うるさく言われると辟易した。しかしこの状態がいつまで続くのだろう。親だって助けてほしいときがある。重荷を背負いきれず誰にも本音を話せず爆発してしまいそうな夜、娘にまで要らない人間のように扱われたら。仕事がきつい。家もきつい。酒を呑んでいるとき以外気持が楽になるということがない。さらに流し込む。

まだ朝じゃない。目覚めた瞬間、厄介な案件のことを考えてしまう。毛布を蹴って便所に行く。胃液とともに不快感が込み上げてくる。頑張っていない人間にきちんと伝えなければならない。ほんとうはあの場で指摘しなければならなかった。犬のしつけと同じで、時間が経つとなんのことだかわからなくなってしまうのだから。

便所から戻り電気の紐を引っ張る。六畳間が照らされる。テレビを点け、布団の上にあぐらをかく。ポン、と焼酎の蓋を開ける。湯飲みに焼酎を注ぎポットのお湯で割って半分呑むと、眉間の力が少し抜けた。

屑は屑なりに反撃してくるだろう。屑の言いそうなことなど容易に想像がつく。こう言われたらこう返す。模擬会話が頭のなかで枝分かれしていく。筋の通った文章を何度も脳内で繰り返す。無矛盾とは如何なるものか想像すらしたことのないあいつのアタマで理解できる日本語のレベルは、良くて小二。ささくれ立ってへこんだ畳の上から豆の袋をたぐり寄せる。硬いビニールの音。数粒口に放る。焦げた醬油の味。慎重に嚙む音がバリバリと頭蓋骨に響く。これ以上ないほど嚙み砕いて、わかるように話してやらなければならない。また一からシミュレーションを開始する。

煙草を喫いながら白黒の洋画を観て、隕石の衝突に関するドキュメンタリーを観て、それでも睡魔はやってこない。妻は隣で心地よさそうに寝息を立てている。音も光もこいつの睡眠を妨げない。神経の図太い女。こいつみたいに、たいていのことはどっちでもいいと思って生きていられたらどんなに楽だろう。

もう二時を回った。少しでも睡眠をとらなければ明日がきつい。電気を消してテレビを点けたまま睡魔がやってくるのを待つ。ボクシングが始まった。俺の部署は馬鹿とカスと屑の集まりだ。毎月流れていく無駄金。バブルが弾けて数年経ったというのに、あんな人間を雇い続ける余裕があると上の人間は本気で思っているのだろうか。虫唾が走る。誰も彼も原理原則というものをまったくわかっていない。会社自体がすでに馬鹿でカスで屑。どうしようもない。耐え難い。限界だと日に何度も思う。昼も夜も平日も週末も思う。

三時。煙草を喫って、飴をなめる。放送終了の青い光で焼酎の蓋を開け、呑んで目を閉じる。

厭な案件が続きすぎている。たったひとつの出来事で精神が壊滅的になることは極めて稀だ。しかしたとえ些事でもいくつか積み重なると脳も内臓もどす黒いカビに侵食されてしまう。最も気が重い案件のことを考えたくなくてまた焼酎に手を伸ばす。その案件を忘れたくて呑んでいるのに呑めば呑むほどその案件について考えていることに気づく。興奮状態。脳みそが発熱している。言葉が溢れてうるさい。考えるのをやめられない。眠れば何も感じない。でも眠れないから酒を呑むしかない。

目覚まし時計の電子音がした。すぐに止む。そっと廊下に出てみる。ふすまの向こうで千映が電気を点けた。椅子に腰かけ、筆箱から筆記用具を取り出すような音が聴こえてくる。

たこ焼きを皿に移し、レンジで温めてから、ふすまをノックした。応答はない。

「入るぞ」

断って三秒待ってふすまを開けると、千映が振り返った。片耳だけイヤフォンを外しながら。視線は合わない。素足でナメクジを踏んでしまったことを押し隠すような表情。

「勉強よう頑張っとるな」

一歩踏み出すと畳が軋んだ。漏れ聴こえてくる音楽は、ふるい洋楽だった。気障でどっしりとした歌声。何という名の男だったか……。

もうすぐ試験だから、最小限の労力で千映が言う。

「そうか。しっかりやれよ。これ、休憩のときにでも食え」

机の上にたこ焼きを置いた。イヤフォンを持つ千映の手は、指の一本一本が細長い。特に小指はまっすぐ伸びて、俺にそっくりだ。その手がぎゅっと動いてイヤフォンを摑んだ。

「お父さん、話があるの」

久しぶりに、千映が俺をちゃんと見た。

「ほう、妊娠でもしたか」

「してない」

「じゃあなんだ、さっさと言え」

数秒逡巡してから千映は、暴力を振るうのをやめてほしい、と言った。

「何の話をしてるんだ?」

「言葉には、言葉で返してほしい。殴ったり蹴ったりしないでほしい。わたしはお父さんに、力ではかなわないから卑怯だと思う」

「卑怯?」

そんな話になるとは思わなかった。ただ、たこ焼きおいしいと笑ってもらいたかった。頑張る娘を応援したかった。なのに不快な言葉をぶつけられすべてが台無しになる。

「お酒も呑みすぎだと思う。なんていうか、アル中の人みたい。このままじゃ身体壊すよ」

「ハッ、偉そうに」

俺はまともに呑めている。今日は呑まないと決めたら呑まずにいられる。肝機能は多少悪いが、働けている。手が震えるわけでもなし、仕事に穴をあけたわけでもない。家族もいる。不眠や苛々で酒に手を伸ばすのは、人より少々神経質な性格のせいだ。社会的に破たんしている人間といっしょにしないでほしい。

「俺は確かに酒呑みだが、お前に迷惑をかけたつもりはない。ちゃんと学校に行かせてるだろう。メシが食えるだろう。一人で生活もできないガキが、一丁前なことぬかすな」

しばらく考えて、千映は、わかったと答えた。

「わたしはわたしのやるべきことをちゃんとやる。だからお父さんも、暴力を振るうのはやめて」

プレスリーだ。思い出すと同時に、日の当たらない和室が蘇った。叔父さんの部屋には近づくなと母に口を酸っぱくして言われていたあの頃。あれをしろこれはするなとうるさかった母。子ども扱いされるのは厭だった。俺は俺の思うようにやりたかった。

「そうだな。お前だってもう立派な大人だ。話し合っていこう」

「約束ね」

「何べんも言わんでいい。その代わりやると言ったからにはちゃんとやれよ」

俺は一人ぼっち、俺は一人ぼっち、淋しくて死にそうだ。

出先から直帰する電車のなかで、叔父の部屋で聴いたプレスリーが次々と蘇る。

博打狂いで多額の借金を残して死んだ叔父。俺が小学校へ上がる頃にはすでに床につくことが多くなっていたが、調子のいい日には俺を部屋に呼んで、作り話だか事実だかわからない荒唐無稽な話をしてくれた。呼ぶといっても母の目があったから、誘い込むといったほうが正しかった。分校から帰って長い廊下を歩いていると、つきあたりにある和室のふすまがかすかに開いて、白いほっそりとした指が妖しく手招きする。俺はきょろきょろと周りを見回し、薄く翳るその部屋へ、忍び足で歩いていく。すーっとふすまが開き、叔父が顔を出す。すらりとして雅な優男。父と瓜二つ、頭の切れる叔父の話はいつも面白かった。内緒だぞと言ってキャラメルやウイスキーボンボンを口に放り込んでくれることもあった。

叔父は二十代の若さで死んでしまった。叔父のレコードは兄である父が遺品として引き受けたが、いつのまにか母が売ってしまっていた。叔父の遺したものなど見るのも厭だったのだろう。

あんなに疎まれるほど、叔父はすくいようのない悪人だったか。

叔父がああなったのは親が甘やかしたせいだと母は言っていた。果たしてほんとうにそうだろうか。叔父には叔父の苦しみがあり、彼なりに最善の道を歩もうとしたのではないか。

選択肢はいつも六十点や七十点とは限らない。三十二・五点と三十二・六点の場合もあるし、マイナス九千点とマイナス一万点から選ぶしかないときもある。それでもそのときは、その選択肢しかなかったのだ。

自嘲がもれる。

ほんとうに、選択肢はそれしかなかったか？

電車を降りて改札を出る。まだ日が落ちていないせいか、今日はたこ焼きの屋台が出ていない。


「野球ってむずかしいよね」

千映の方から話題を振ってきたのはいつぶりだろう。野球の何をむずかしいと感じるのか尋ねてみると、バットに球が当たらないという実に単純明快な答えが返ってきた。

宇太郎(うたろう)とバッティングセンターにでも行ったのだろうか。宇太郎は気持のいい男だ。長く続けばいいとは思うが、高校生同士のつきあいだしそのうち終わるだろう。

酒をやめてみて四日、少しクリアになった頭で、ボールを打つという仕組みについてじっくり考えてみる。文章を組み立てる。わかりやすい言葉にする。

「投手が球を放つ。それをバットに当てようと思って構えるだろ」

「うん」

「球が近づいてくるにつれ、あっこのままじゃ当たらない、とずれに気づいて誤差を修正する、という流れでは到底間に合わない」

「そうだと思う。でもそれ以外に方法がある？」

「飛んでくる球を予測して、脳が記憶しているようにスウィングするんだ」

「つまり、脳が記憶するほど何度も練習するしかないってこと？」

「そういうことだ。飛んできたものを打つ、ではなく、打つために、どう飛んでくるかを予測するんだ。結果から原因を考えるようにすれば、次に繋がる」

「そこまで到達するのが果てしないよね」

「ほかに方法がないこともない」

「えっ、なに、教えて」

　ふいうちのように胸が詰まったのは、身を乗り出してくる千映を予測していなかったからだ。もう千映は二歳じゃない。三歳じゃない。俺の仕事が休みの日、川沿いを散歩したときの丸い笑顔と、好奇心に輝く目。遠くの空に浮かぶアドバルーン。

「まず、野球の試合をテレビで観る。選手になったつもりで真剣に素振りをする。テレビを消したあともそれを繰り返す。常に頭のなかでイメージすることだ」

「なるほど。部活でも、学校の行き帰りにみんなでハミングしたり、家でもその曲を聴きながら手を動かしたりするよ」

「何事も好きこそものの上手なれだ」

新潮社

新刊案内

2020 6 月刊

2020年6月新刊

地上最強の男
世界ヘビー級チャンピオン列伝

ヘビー級王者の歴史。それは、世界史をも動かした、人類最強の男達の物語だ。読者を熱狂と興奮のリングに引き摺り込む、渾身の雄編。

百田尚樹
6月25日発売
●1900円
336415-3

サキの忘れ物

見守っている。あなたがわたしの存在を信じている限り——。たやすくない日々のなかに宿る僥倖のような、まなざしあたたかな短篇集。

津村記久子
6月29日発売
●1400円
331982-5

邦人奪還
自衛隊特殊部隊が動くとき

伊藤祐靖
6月17日発売
●1600円

北朝鮮でクーデター勃発。拉致被害者を救出せよ！　そのとき国はどう動く？　日本初、元自衛隊特殊部隊員が壮絶なリアルを描く、迫真ドキュメント・ノベル。

351992-8

■とんぼの本
遊廓
渡辺　豪

遊廓に魅せられた著者が当

「問題は、わたしが野球にあんまり興味がないってことなんだよね」

「それは続かんな」

ハハハッと笑った俺にありがとうと言って千映は立ち上がり、自分の部屋へ戻った。またプレスリーが聴こえてくる。ウッドベースとギター。控えめなドラム。プレスリーの低音は弦楽器のように艶っぽく跳ねる。プレスリーが死んだのは千映が生まれる少し前だった。あのときプレスリーは何歳だったのだろう。

プレスリーが生きていた頃の俺はまだ、子どもの頃望んだ未来とそう遠く離れた場所にはいなかった。


母から電話がかかってきた。煩わしいので会話の途中で千映を呼ぶ。呼んでも来ないので部屋まで行く。息苦しい。十八歳まで母と暮らせていた自分が信じられない。千映は行進曲のような音楽を聴きながら口笛を吹いていた。

「ばあさんから電話だ」

停止ボタンを押し、千映が立ち上がる。

「口笛は近所迷惑になるからほどほどにしとけ。特に夜はな」

「部活で吹くから練習してたんだよ」

吹奏楽部が吹くのは口笛じゃなく楽器だろうと指摘するが、聴こえないふりでもう廊下に出ている。いつからこんなに言い訳ばかりする人間になったのか。会話が嚙み合わない。

昔はあんなに通じ合えている感覚があったのに。

　部屋を出て行こうとしたとき、視界の隅に妙なものが映り込んだ。見ると、勉強机の下に正方形のちいさい何かが光っている。寄ってしゃがんで見てみる。

　未開封のコンドームだった。即座に目を背け立ち上がろうとして頭をぶつけた。後頭部をさすりながら便所に入る。折り畳んで置いてあった英字新聞をひらく。しばらくは目が滑ったが徐々に集中できるようになった。

　千映と妻の会話が聴こえてくる。電話は終わったようだ。

「ここ数日呑んでないって言ったら、かわいそうに、あんまりお父さんに口うるさく言うな、働く男にとってビールなんてジュースと同じなんだからって」

「あはは」

「うまく管理するのが妻の仕事だってよ。いや、手綱って言ってたかな」

「馬じゃないんだから」

「あとね、おばあちゃんね」

「えっ、なに。ちょっと千映、どうしたの」

「おばあちゃんは、おじいちゃんが死んだってぜんぜん悲しくないって」

「泣くことないじゃない」

「だってかわいそうで」

「えー？」笑う妻。「だいたいどうしてそんな話になったの」

それはね、と千映が声のトーンを落とす。会話の内容がまったく聴こえなくなる。新聞をめくる。乾いた音が大きく響く。あはは、とまた妻が笑う。

「笑い事じゃないよ。それにさ、去年わたしとお父さんがおじいちゃん家に泊まったときも、『ちいさいときはあんなに素直だったのに』ってお父さんが言うから腹が立って『お父さんの言う素直は親の言いつけに素直に従うっていう意味で、自分の感情を素直に出すってことじゃないよね』って言い返したの。そしたら屁理屈言うなってぶん殴られて、一部始終を見てたおばあちゃん、庇ってくれるかと思いきや『千映ちゃんがあんなこと言うから』ってわたしを叱ったんだよ」

apparatchikという単語が何度も出てくる。以前にもどこかで目にして調べたはずだが、どうしても思い出せない。これがわからないと記事全体の意味が把握しにくい。大方の見当をつけてから便所を出る。

「なんでこんなの持ってるの」と妻の声。

いつの間にかふたりは千映の部屋へ移動している。

「道で配ってた、エイズ予防キャンペーンだって」

「へえ」

半笑いで、妻が廊下に出てくる。通勤用の鞄からポケット英和辞典を取り出す。

ふいうちで淋しさに襲われる。淋しくて悲しくて虚しい。

酒を呑まなければ頭が働く。難解な本の内容もすんなり頭に入ってくる。仕事の勉強もはかどる。身体の調子もいい。ほら見ろ、俺は呑まないと決めたら呑まずにいられる。アル中なんかじゃない。自信と誇り。妻子も心なしか優しい気がする。

だが眠れない。苛々と不安の手っ取り早い消し方がわからない。

会議中も打ち合わせ中も電車のなかでも本を読んでいても頭のなかは酒でいっぱいだ。呑みたい呑みたいどうしても呑みたい。呑まなければならない。呑まなければ狂う死んでしまう。

でも呑んだらやられる。このままじゃ全部だめになる。

丸々坂のたこ焼き屋を素通りしてコンビニに入る。自動ドアのメロディが鳴ると同時に引き返す。額を拭う。冬なのにひどい汗をかいている。やっぱりたこ焼きを買って帰る。千映の笑顔が見たくてたこ焼きだけを買って帰る。

制服姿の千映が、ほほえみながら、台所でちまちました作業をやっている。

「おはよう」

声をかけたが返事はない。トーストをかじりながら引き出しを開けたり閉めたり、アルミホイルを千切ってちいさく整えたり忙しない。

「パンばっかり食ってたらアメリカ人になるぞ」

またしても反応はない。

ちまちま作業が終わったのか、次は食器を洗い始める。スポンジを泡立て箸をがしゃがしゃ洗い、皿をぞんざいに重ねていく。まな板がシンクに落ちた。音が頭にガンガン響く。不愉快な音のない場所で暮らしたい。

「おい！　聴こえてるのか」

千映がやっとこちらを向いた。

手に残る泡を洗い流し、タオルで拭いて千映は、イヤフォンを片方外した。またプレスリー。飽きもせず。宇太郎の趣味だろうか？

「挨拶くらいしろ」

「おはよう」

「お前はすべてにおいて雑なんだ」

一歩あるくごとに酸っぱい気配が喉元へせり上がってくる。

台所に入る。床が軋む。千映の肩が強張る。

「食器の洗い方ひとつとってもそうだ。お前スポンジを使って洗い流したあと、そのまま食器かごに置いただろう。最後に手で洗えといつも言ってるじゃないか。そうしなければ汚れや洗剤がちゃんと落ちたかどうか、確認できないだろう」

「ちゃんと手でも洗ったよ」

「いーや、洗ってなかった。いいかお前、考え直すならいまだぞ。俺を騙すことばかり考えて。このままじゃろくな人間にならない」

千映が食器かごに置いた皿をすべてシンクに戻す。さっきよりがさつな、神経を逆撫でする音。きみが好きでたまらないんだ。これが正直な気持なんだよ。プレスリーが歌っている。不貞腐れた顔と放出される苛立ち。気に入らない。なんのために俺は血を吐くような思いで働いているのか。なんのために色んなものを犠牲にしてきたのか。

拳を握りしめふと視線をやった先に、二つ並んだ弁当箱があった。ひとつはいつも千映が使っているもの。もうひとつは明らかに宇太郎用だった。

「くだらんことする暇があったら物理をやれ」

皿を洗い直す千映の後ろを大股で歩き、その二つを思い切り手で払った。千映が息をのむ音。バンバンと続けて弁当箱が落下し、白メシと肉じゃがと卵焼きが床にべちゃっと広がった。うさぎの林檎が玄関へ跳ねていく。

「お前は俺との約束をやぶったな。すべての科目を履修すると言ったのに」

「何の話？」

振り向いた目に憎しみが満ちている。流れっぱなしの水道水に負けないよう声を張る。

「親を馬鹿にするのもいい加減にせえよ。またお前は俺を騙した。三年になったら受験で、お前の能力では物理を履修する余裕なんかない。もちろん受験科目に物理を組み込むほどの脳もない。今年までに取っておくべきだったんだ。基礎なしでは何も習得なんかできない。上っ面だけ。まあ、お前はその程度の人間なんだ。ほら水が勿体ないぞ。水道代、お前が払うか？」

蛇口を止めて、千映がゆっくりしゃがみこむ。

湯船に身体を沈め、新聞をひらく。朝ぶろはいい。浮力の関係か、内臓が楽になる。妻の足音がした。コンビニにでも行っていたのだろう。エッ、と声を上げる妻。それから聴こえてくる、妻と娘のぼそぼそしたやりとり。

いってらっしゃい、と妻の声。いってきますは俺の耳には聴こえなかった。言っていないかもしれない。

浴室の扉がノックされる。無視しているともう一度。

「なんだ」嗄れ声が出た。

「千映にも問題あるかもしれないけど、あれはいくらなんでもやりすぎだと思うよ」

「うるさい。お前に関係ない」

「何日も前から準備してたんだよ。材料もバイト代で買って」

「うるさいって言ってるじゃないか。あっちへ行ってくれ」

バサバサと新聞を閉じる。ため息と足音が遠ざかっていく。

風呂からあがると家には誰もいない。

煙草をぬきとってくわえる。流れ続ける水道水。千映が鼻をすする音。肚の底の方でもぞもぞと這いずっている罪悪感とともに煙を吐き出す。どれだけ長く深く吐いても罪悪感は去らない。

なんとも言い知れぬ不安が突き上げてきた。その勢いはすさまじく、もう喉元から溢れんばかり。早くなんとかしなければ。丸々坂のたこ焼き屋を素通りしてコンビニに入る。店内のどこをどう歩いたのかいつの間にか酒コーナーの前に立っている。店内には運動会の徒競走でよくかかる音楽が流れていて気が急く。ジャーンとシンバルが鳴った。店先でウイスキーのミニボトルを開けようとする。蓋を回す手がもどかしくすべる。やっとあいた蓋が地面に落ちる音より早く瓶を口に押し当てている。唇から顎に垂れていく雫。喉がカッと熱くなる。胃に沁みる痛さ。

酒といっしょに買ったチョコレートを勉強机の上に投げるように置く。

「ちょっと歌詞カードを見せてみろ」

「歌詞カードはないよ」

硬い声。頑なに振り向かない背中。プレスリーを聴きながら、千映は単語帳を作っている。熱心に勉強をしているふりをしている。こいつは自分に甘い。いつも楽な方、愉しい方へと流される。ふすまを開けた瞬間辞書の下にさっと隠した手紙に、俺が気づかないとでも思ったのか。

「なんでないんだ」

「宇太郎がダビングしてくれたカセットだから」

「あいつの好みは変わっとるな。女の趣味よりはましだが」

「いま部活で吹いてるから聴いてるだけ」

「発表会でもあるのか」

無言。

「それはいつなんだ」

「……部室に貼ってある予定表見ないとわからない」

そんなことがあるだろうか。脚がふらついた。

「どうでもいいが、部屋をちったあ片づけろ」

あっと千映の声。腕を思い切り横にぶんと振る。無造作に置かれた辞書やノートや手帳、シール、蛍光ペン、消しゴム、便せん、あらゆるものが畳にばらばらと落ちる。

「男にうつつを抜かすのは勝手だが、もっと学問にも力を注げ。それが学生の本分だろう。将来何をして食っていくにしろ、基礎ができていなければその上に何を積み上げても意味がないんだぞ。わかったか」

返事はない。

「わかったかと訊いているんだ」

「自分はどうなの」

「なんだその言い草は」

「どんなに英語の勉強したってそんなに酔っぱらってたら意味ないじゃん」

「なにを」

「約束を破ったのはお父さんでしょ。言ってることがおかしいよ。何が無矛盾？　お父さんは矛盾だらけだよ」

やっと振り向いたその目尻に染みている軽蔑を吹き飛ばすため腕を振り上げる。千映が一気に遠ざかる。文具も机も壁もひゅんと吸いこまれるように遠くなる。白い閃光が瞬き、拳や足の甲や爪先に強い衝撃を感じる。悲鳴、罵声、呻き声。涙。赤い色。倒れる。踏む。何度も踏む。駆けてくる音。叫び声。すすり泣き。

俺は父親になるべきじゃなかった。


車にぬる、と夢のなかで誰かが言った。

車は乗る。クリームは塗る。だから車にぬるは間違いだ、ハハハ。

車に乗る。車に乗って、千映はどこかに行ってしまった。あれは誰の車だろう。宇太郎はまだ運転できる年齢じゃない。宇太郎のご両親だろうか。あんな馬鹿娘のために車を出してもらって、ほんとうに申し訳ない。

台所から規則的な音が聴こえてくる。まな板に包丁がやさしくぶつかる、その音を聴くと脳みその位置が下がるみたいな、眠気を誘う音。

ガソリン代をお支払いしなければ、と思う。もしかすると高速代も。

「Money opens all doors」

金が足りない圧倒的に足りない。

声に出したらまな板の音がやんだ。

地獄の沙汰も金次第、心のなかで付け足す。心地好い音が再開する。台所にいる人物は、ひたすら何かを刻み続けている。あんなに切り続けて、いったい何を作っているのだろう。出来上がったそれを、食べ終わったら俺はどこに行くのだろう。次にすべきことはなんだ。いやそもそも、食べることができるだろうか。一口でも固形物を口に入れたら吐いてしまいそうだ。

今日が何曜日か。何時間呑み続けているか。記憶を辿ろうとするが思索がまとまらない。この酔いをできるだけ長引かせたい。脳が明晰になると、よいこともあるがよくないことの方が多い。圧倒的に。考えずに済むものなら考えずにいたいこと、頭からきれいさっぱり消し去りたいこと。酒が要る。酒がないと笑えない、喋れない、酔っていたい。でも仕事に行かなければならない。生きていくために。人生。何のために働き、誰のために生きているのか。酒以外に気分が浮く手段が見つからないとして、それでも酒に頼ってはいけないのか。苦しみだけで生きる意味は？

許可なく侵入してきた疑問を溶かすためまた焼酎をあおる。時間も金も酒に溶ける。左側を下にして横になる。いつからか、身体の右側を下にして眠ることができなくなった。考え事をするとき、頭を少し左に傾けると考えやすいことと関係があるだろうか。

頭の中に濃い霧が立ち込めている。何も手につかない。何もする気が起きない。ただひたすら罪悪感や自己嫌悪や焦燥や倦怠を酒で流すだけ。効き目はどんどん薄くなる。

千映はどこに行ってしまったのだろう？

達磨落としをひとつ、カコンと外すようにまた夢に落ちた。


目の前で宇太郎が笑っている。くりくりの坊主頭だ。

「ほんっとうに、こいつが彼女でいいのか？　詐欺師だし、料理はへたくそだし、口だけ達者でろくなもんじゃないぞ。お前ならもっといい彼女が見つかるだろう」

「いえ、そんなことは」

こたつの向かいに座った宇太郎は、緊張した面持のまま坊主頭をこすった。

宇太郎に前回会ったのは、うちの近所で祭りがあった九月の夜だ。庭にざくろの実がなっていた。出かける前と送ってきたとき、きちんと挨拶をしに来たのだった。あのとき宇太郎の髪は黒々していた。晩夏にふさふさ、真冬に坊主とはいったいどういう了見か。

「こいつの部屋は豚小屋だぞ」

台所から妻の忍び笑い。千映は憮然とした表情で皿に何か盛りつけている。

「いや〜、豚は意外と綺麗好きって聴いたことがありますけどね」

妻が吹き出す。千映が皿を運んで来た。山盛りの唐揚げと、だし巻き卵。

今夜の酒はうまい。きみも呑むか、宇太郎に勧めた瞬間妻に窘められる。千映も飛んできて怒る。そういえば、と俺は宇太郎に言う。

「先日は車を出してもらって申し訳なかったね。運転されてたのはお母様かな。ご挨拶もせずに失礼した」

　頭を下げて、上げると宇太郎は純粋に、不思議そうな顔つきをしていた。

「車ですか？」

「千映が車に乗ってただろう。白い、大きな」

　あれは、と言った千映の視線を捉えて妻が首を振る。

「ほら、食べよう」

　妻がこたつに脚を入れてビールを開ける。宇太郎は気持ちいい食べっぷりで次々と料理を平らげていく。会話が弾む。千映が笑っている。俺には見せたことのない、心の底から幸福そうな笑顔。千映の学校での様子を宇太郎が話してくれる。俺の知らない千映ばかり。

　トイレに立った宇太郎になぜか千映までついていったとき、声を落として妻に訊いた。

「おい、なんであいつ坊主なんだ」

　妻は宇宙人でも見るような目で俺を見た。

「本気で言ってるの？」

「どういう意味だ」

「千映が宇太郎のところに家出してたから、責任感じて頭を丸めたんでしょ」

　家出？

　なんで、と訊きかけてやめる。娘が可愛いからだよ。宇太郎の声がした。そんなわけないでしょ、と千映。ふたりの会話に耳を澄ませる。妻はテレビに見入っている。いや、千映ちゃんはめちゃくちゃ愛されてるって。お父さん、淋しいと思うよ。何言ってんの、宇太郎はわかってない。わかってないのは千映ちゃん。俺だって想像したらさあ、もう泣く準備はできてるよ。

ふたりが戻ってくる。ふたりとも笑っている。腰を下ろすとき、こたつの縁をつかんだ千映の小指がいびつに歪んでいる。

週末。脳は一定の空間に引きこもる。膝に両手を当てて立ち上がると、めまいがした。

「暴力はやめて。お願いだから。もう絶対しないって約束してよ」

「ハッ、絶対。絶対なんて言葉を使う人間はカスだ。知性を放棄しているに等しい」

「暴力を振るうより？」

「いま俺は、絶対という言葉の定義について話している」

「わたしは暴力について話してる。知性の放棄とかどうだっていいよ、知らないよ。暴力を振るわないでほしい、それだけなのに。どうしてわかってくれないの？　家族のことはどうでもいいの？」

どうでもいいのだとしたらどうして働いているのか。

「お父さんはわたしをぜんぜん理解しようとしてくれない」

お前は俺を理解する努力をしていると言えるのか。

「うるさい。つべこべ言わず酒を買ってこい」

「いま？」

「いますぐだ」

「無理だよ。行けない。これからリハーサルだから」

「さっさと行け。すぐそこだろうが」

「いたっ。帰ってきたら買いに行くから。もう出なきゃ間に合わない」

「休め。そんなものに行く資格はない。行ったら部活を辞めさせる」

「また？」

「またとはなんだ」

「お父さん、わたしのやりたいことを何度辞めさせた？　何度学校を休ませた？　いまだって体育の単位が危ないんだよ。わたし体育も部活も学校も好きなのに」

千映の頬に涙の粒がこぼれ落ちていく。

「気まぐれで無理難題を押しつけられて途方に暮れてしまうこっちの気持も考えてよ」

「俺がいつ気まぐれで無理難題を押しつけた？　あ、言ってみろよ」

「牛乳こぼした罰として洗面器で牛乳飲ませたり、合宿所に電話してきて部屋が汚いから帰ってこいって怒鳴ったり」

「そんなことはしていない」

「したよ！　どうしてお父さんはぜんぶ忘れちゃうの」

「お前の話は要領を得ない。もっと順序立てて話せ」

「もういい。話しても無駄」

バアアアン！　とドアが閉まる。びりびりと余韻が鼓膜を震わせアドレナリンが脳を駆け巡る。巨大隕石が衝突して滅亡に向かう地球の姿が浮かぶ。世界中に粉塵が舞い上がり、大津波が地球を何周もする。大股で追いかける、脚がもつれる。自転車に鍵を差し込もうとしていた千映の髪の毛を摑んで引きずり倒す。振り上げた腕を千映が必死に押さえようとする。

「もうやめてってば！　暴力は厭！　ねえ、お父さん！」

右腕が重くなる。自分のいる場所がどこかわからなくなる。いま腕にしがみついている千映は二歳か、それとも。

幾つもの選択肢から、三人の望みが最大値になるべく近づくものを選んできたつもりだった。

なのに俺はいったい、ここで何をしているんだろう。

あたりは宇宙に放り出されたように真っ暗だった。

すぐそばに人の息遣いを感じた。大勢の人間のひそひそ声。

死んだってぜんぜん悲しくない。誰かが言う。その声は耳ではなく脳内で響いている。目をつぶった。妻が俺を見おろしている。情けない人。となりに千映も立っている。死んだってぜんぜん悲しくない。むしろ死んで。

わかっている。俺がいない方がこの家族はうまくいく。笑って暮らせる。きっと幸せだろう。でもいまさらどこへ行けというのか。死ぬのは怖い。まだ死ねない。死ぬくらいなら呑む。死ぬ勇気がないから呑む。呑んで死ぬ。苦しみに正気で耐えてじわじわ生きるか、酒で誤魔化してちょっと寿命が縮むか、そんなの断然後者がいい。

しらふでこの世界を生きていけるなんてどうかしている。

呑めば恐怖もましになる。何の恐怖？　自分が狂っているのかもしれないと思う恐怖。

頭に爪を突き立て叫び出しそうになった瞬間、瞼に光が射した。

パーンと弾けるような音。ああいよいよ俺は死ぬのだ。もしくはついに狂ったのだ。

唾を飲み込んで、おそるおそる瞼を開ける。

目に飛び込んできたのは、ずらりと並んだ笑顔だった。まばゆいライト。金色に光る楽器。トランペットが高い音を長く伸ばした。

ホールの最前列に、俺は座っていた。となりには妻。横顔が笑っている。裏打ちの手拍子。満面の笑みで楽器を吹く若者たち。サックスやチューバやドラムの演奏に、叔父のハミングが重なる。気がつくと、脚が勝手にリズムを刻んでいた。

プレスリーを奏で、踊る高校生たち。彼らにつられて俺の口角も上がる。身体が自然に揺れる。アルコールの入った脳で聴く音楽の愉しさよ。指揮を執る男性に目が行く。あの人が先生か。なんだか好さそうな人だ。何気なく振り返ってぎょっとする。とてつもなく広い会場に、数え切れないほどの観客がいた。こんな立派なホールでやるとは想像もしなかった。妻が手を振った。巻貝のような楽器を持った女子生徒が、妻に会釈しながらステージを軽やかに歩いていく。

「誰だ」

「秋代ちゃん。千映のいちばん仲好い子」

「楽器を演奏しながらあんなに踊れるもんなんだな」

「物凄く練習したみたいよ」

照明が暖色系からムーディなものへ切り替わる。懐かしいメロディが流れてきた。遠い昔の流行歌。タイトルは思い出せない。千映が好きだったあれじゃないか、小声で尋ねると妻はそうよとほほ笑んでパンフレットを見せてくる。昭和歌謡曲メドレーと書いてあった。ああ、やっぱり。幼く舌足らずな千映の歌い方。でたらめな歌詞に俺が笑うと、千映はぷっと頰をふくらませじゃあなんて言ってるのと訊いてきた。これはなに？ どうして？ 邪気のない問い。忘れたくない、と強く思う。あの頃の俺たち。おい、なんという曲だったっけと訊こうとしたとき何の前触れもなく照明が消えた。

そして細い光が、ステージの真ん中に落ちる。

スポットライトに照らされているのは、千映だった。鳥肌が立つ。ソロだ。真剣な眼差し。千映がトロンボーンの管を前後にスライドさせるたび、髪の毛がゆれる。強い目。赤い頰。吹き切った千映がお辞儀する。ブラボー！ 会場に歓声と拍手が沸き起こる。顔を上げた千映の得意げな表情。俺は、誰よりも大きな拍手をする。手がかゆくなるくらい。

笑顔で手を振りながら、若者たちがステージを去る。アンコールの大合唱の陰で内ポケットからウイスキーの小瓶を出して呷る。再び登場した彼らがさっと楽器を構える。歩き出したくなるようなマーチだ。途中、口笛を吹く場面があった。口笛の話をどこかで誰かとしたような気がする。宇太郎はシンバルを叩いていた。愉しくて仕方ないという様子で手を脚を大きく動かす。汗が飛び散る。

「オー、宇太郎!」

呼びかけると、鳴らしたシンバルを高く掲げ、笑顔を向けてくる。千映に宇太郎がいてよかった。秋代さんがいてよかった。音楽があってよかった。

俺は祈った。

千映の人生がこの先、悦びで満ちているように。明るい道であるように。

不可抗力で涙があふれる。若者が一生懸命何かに打ち込む姿は宝だ。何物にも代えがたい。濡れた頬を掌でぬぐう。手が濡れる。濡れて滑ってなかなか摑めない。

「お客さん、ちょっと待ってください。ドアはこちらで開けますから」

白い手袋をはめた男が振り返る。いつの間にか音楽はやんでいる。耳が痛くなるほどの静寂。正面には見覚えのある坂道。暗い夜道。どうして。俺はどうやってタクシーに乗ったのか。

「ここでほんとうにいいんですか?」

「ええ、そこにたこ焼き屋がありますでしょう、娘に買って帰るんです」

俺は危ない人間じゃないとわかってもらうため、理路整然と説明し運賃を支払う。ミラー越しにこちらを見る運転手は不審感を隠さない。やっと開いたドアから片脚を出す。そして夜のなかに入っていく。

そこは見知らぬ場所だった。

言葉を失い、茫然と立ち尽くす。右も左も見覚えのない景色。どっちに進めばいいのか。どうやって、何を目印にして。景色がぐるぐる回る。

俺はいったいここで何をやっているんだろう？

何度も繰り返し考えたそのことをまた考える。日々は瞬く間に過ぎる。瞬く間に過ぎるようにしているのは俺だと千映は言うかもしれない。

煙草に火を点けようとして手が震えていることに気づいた。小刻みな震えではない。文字なんかまず書けない、激しい震えだ。生きるか死ぬかの瀬戸際。でも死ぬわけにはいかない。生きるためには酒が要る。周囲を見渡す。酒だ。酒が要るんだ。酒はどこにある。アスファルトを歩き、砂利を踏む。歩いても歩いても家にたどり着かない。酒も手に入らない。靴の下が草になった。爪先が湿る。鼻が冷える。目玉が凍りそうに寒い。頬にぺたりとつめたい感覚。つんとくる、不快な臭い。

瞼をひらくと、便所の床に寝転んでいた。起き上がろうにも身体が動かない。

とうちゃん、とうちゃん、どうしたの。

愛らしい声が聴こえた気がして、顔を上げる。

とうちゃん。とうちゃん。
俺の背中によじ登ってくる、温かい千映。
とうちゃん、おかえり！　わっ、おみやげだ、やったあ！　とうちゃん、ありがとう！
俺が仕事から帰ると狂喜乱舞で飛び跳ねていた千映。
とうちゃん、すごい！　とうちゃん、大好き！
煙草の煙を輪っかにしたら手を叩いてよろこんでいた、ちいさな娘はもういない。

4　愛で放す

「じいちゃん、なにしてんの？」

　ふすま一枚隔てて聴こえてくる、幼い恵（めぐみ）の声。

「ん？　考え事」父が答える。

「なに考えてんの？」

「あのな、おまえの遺伝子と母ちゃんの遺伝子は五十％同じなんだ。じいちゃんとは二十五％いっしょ。でもな、おまえのとこは父ちゃんが優秀だから大丈夫だ」

「言ってる意味がぜんぜんわかんない」

　あのとき恵は五歳だった。

　正月、祖母の家で父と会った。あれが最後だった。

　その前に恵が父と顔を合わせたのは、四歳のときだ。

「こらなんて言うな」

　何度注意しても同じいたずらをする恵に「こら、だめだってば」と注意したら、父が眉間に皺を寄せて、そう言ったのだ。

耳を疑った。どの口でそんなことを。

けれど不思議なことに、そのとき湧いた感情は怒りではなく笑いだった。皮肉でもなんでもなく、ただ純粋に可笑しかった。

恵は、わたしの父を「じいちゃん」と呼んだ。夫の父親のことは「じいじ」と呼ぶ。じいちゃんとじいじ。混乱した挙句わたしの父を「じじい」と呼んだこともあったが、それでも父はうれしそうに笑っていた。恵のやることはすべて、無条件で受け入れた。

はじめて恵を父に会わせたのは、恵が三歳のときだ。父の入院しているアルコール治療専門病院に夫の宇太郎と三人で会いに行った。正直言って、我が子を父に会わせることはもう一生ないだろうと思っていた。その前年まで父とわたしの関係は壊滅的で、それはもう思春期の頃からずっとそうだった。父の病棟に向かって歩いているとき、ふと気づいたら、いきみ逃しの呼吸をしていた。わたしにとって父に会うことは、最高潮の陣痛、それ以上の痛みを伴う苦行だった。

歯抜け率の高い病棟だった。体調悪そうに歩く率も髪ぼさぼさ率も抜群に高かった。きっと病院の外に出たら片手に酒率ほぼ百%だろう。無精ひげ、首には毛羽立ったタオル、ジャージ、独り言。すべて父にも当てはまった。あれが孫との初対面。

「じゃあ、お父さんとめぐちゃんが会ったのはその三回？」

秋代に訊かれてうんと即答した。

「計十五時間くらい」

「まあまあ、短いね」

「六歳ってことを考えるとね」

「お父さんのお葬式のとき、めぐちゃんはどうしてた？」

「涙を流すときもあったけど、あれはもらい泣きで、実際は父の印象は恵の中にほとんど残ってないと思う」

なんせ三回きりだから。

ナチョスが運ばれてきた。辛そうなチリコンカンとアボカドに絡まるチーズ。こんなこってりしたものを、いまのわたしの胃は消化できるだろうか。

「千映はお代わりまだいい？」

空のビールグラスを掲げて秋代が訊く。わたしはうなずきながら鞄から手ぬぐいを取り出した。広げる前にそれがサックス奏者の絵柄だと気づき、別の一枚を取り出して膝に載せた。

新しいグラスがカウンターにそっと置かれる。芸術的に美しく注がれたビールを、秋代は持ち上げて底から見上げた。

「きれい」

つられて覗き込む。グラスの中でゆれる波と泡が、黄金色の海のように幻想的な光をたたえている。

「受け入れてほしくてするセックスってあるじゃん？」三杯目のビールを半分呑んだところで、秋代は言った。「セックスって性欲だけってわけじゃないでしょ？　少くとも女性は」

「男の人も、常に毎回それだけじゃないと思うけど」

「いや、男は毎回そうだろうよ。まあそれはいいとして、塵とはもう絶対できないってうんざりして、何年もそういうことなかったんだけど、ある夜ふと、この人に受け入れられたいって思ったんだよ。なんでだか今となってはぜんっぜんわかんないんだけど、猛烈にそう思ったんだよね」

　秋代の別れた夫は気前が好くユーモアもある柔らかい雰囲気の人だったが、とにかくいつも浮気していた。

「そしたらベッドで手を振りほどかれてさ。『セックスとかキスがむりなら、ちょっと頭を撫でてくれるだけでいいから』ってお願いしてもため息で返事されて。ああ、この人にとってあたしは死人なんだなって思った」

　そこで秋代ははっとして、「死人とか言ってごめん」とあわてて付け加えた。

「大丈夫だよ。それでどうしたの」

「うん、それで、何年振りっていう求めを受け入れてもらえなくて、そのとき確信したんだよね。きっとこの人は、あたしが一生に一度の窮地に陥ったときもたすけてくれないんだろうなあって。やっと冷静になれたっていうか、そこから離婚に向けて動き始めたんだよ」

「一年近く経ってどう？」

「まあ、名前変更に伴う手続きは面倒くさかったけど、やっぱりこの苗字がしっくりくるわ。塵の苗字は画数が多すぎんだよ」

「確かにね」

「あとさ、離婚の話し合いが進んでるとき読んだ本に、『人にあげられる最大のプレゼントは信頼。裏切らないということだ』って書いてあって、あたし塵からそのプレゼントもらってないわーってしみじみ思った。ま、でも別れてからは、養育費もいまんときちんと振り込まれてるし、特に困ったことはなく、清々しいばかり。スーパーでキャベツ一玉買う人が時々妬ましいけどね」

秋代らしい物言いに笑ってしまう。

今夜ここへ来てよかったと思った。秋代と話しているあいだは、父の部屋で目にしたものについて考えずにいられる。

高校の吹奏楽部の同窓会があると知ったときは、まだとてもそんな気分じゃないと思った。いっしょに行こうと誘ってくれる秋代にどう断ろうか考えていると、宇太郎が熱心に勧めてきた。「行ってきたら。みんなといっしょだったらきっとごはんも美味しいよ」いいと言っても、宇太郎は珍しく粘った。「秋代先輩と会ったら元気出るんじゃない。俺はめぐちゃんと適当に愉しくやってるから」いま思えばふたりはグルだったのかもしれない。

「そういえば秋代、お香典ありがとう」

「こっちこそお返し気を遣ってもらっちゃって」

「ああいうのって友だち同士でも渡すものなんだね」

たぶん、と秋代は苦笑した。

高校生の頃からわたしは、「こういった場面でどうふるまうのが正式か」わからないときはいつも秋代の行動をお手本にしていた。たとえば誰かの家を訪問する際のマナーとか。秋代は、ちゃんとした家に育った人だから。

秋代と会うのは数か月ぶりで、父が亡くなったと報せを受けたあの夏の日以来だった。その日会う約束をしていた秋代に、キャンセルのお詫び、そしていまから恵とふたりで飛行機に乗って父の葬式に行くことを話したら、空港まで見送りに来てくれたのだ。

大丈夫？　とあの日秋代は訊いた。注意深くわたしの瞳をじっと観察するように見つめながら。

大丈夫じゃない。正直にわたしは答えた。足許がふわふわして、人の動きや時の流れが猛烈に遅く感じた。父が死んだことに対して信じられないという気持はなかった。いつこんな日が来てもおかしくないと思っていた。けれどそのときはまだ父の死因もよくわかっていなかったし、行った先でどのような光景を目にすることになるのか、まったく想像もつかなかった。

ただ父が死んだ、それだけだった。

手荷物検査場の入口で別れるとき、ちいさな紙袋を手渡された。お礼を言ってゲートをくぐり、長い通路を歩いて搭乗口付近の椅子に腰かけた。とつぜんの幼稚園早退や空港や二人旅という非日常に興奮してぺらぺらと話しかけてくる恵に応えながら、紙袋を開けた。中には香典と手紙、それから折り紙やシールブックが入っていた。恵が機内で退屈しないように。秋代はそこまで配慮してくれたのだ。逆の立場なら、自分はこんなに気の利いたことができるだろうか。

手紙は、ふだんの秋代の文字よりだいぶ乱れていた。移動中や待ち時間に膝の上で書いてくれたのかもしれない。わたしは手紙を両手に挟んで目を閉じた。

行く先にどんな現実が待ち受けているかはわからない。でも、自分がどんな感情を抱くかは容易に想像がついた。

それは、わたしがいちばん怖れている感情だった。父がこんな風にしか生きられなかったのは、わたしのせいかもしれない。父の孤独を目にするのが怖い。

秋代の手紙に温めてもらいながら、わたしは祈った。そのときもちゃんと立っていられますように。狂わず、ちゃんと恵を育てていかれますように。

真っ赤な夕陽の中を、ジャンボジェット機は父の肉体のある場所へ向かって飛んだ。

「千映先輩、秋代先輩、お久しぶりっす！」

大声とともに後ろから肩を組まれた。

わたしと秋代のあいだに顔を挟んできたのは、アルトサックスを吹いていた松本だ。痩せてひょろ長くどこか頼りなかった高校時代に比べ、ずいぶん貫禄がついた。落ち着いて堂々として見える。

「宇太郎はどうしたんすか？」

「娘といっしょにすぐそこのファミレスにいる」

「なに、そうなの？」秋代が目を丸くした。「いっしょに連れてきたらよかったのに」

「秋代とゆっくり話したかったから」

「えー、俺も会いたかったなあ、宇太郎と千映先輩の娘ちゃん。どっち似なんすか？」

「宇太郎かな」

「写真とかないんすか？　見せてくださいよ」

鞄からスマートフォンを取り出して画像フォルダをひらいた。

「遺伝子って怖いっすね」口をイーの形にひらいて松本は息を吸いこんだ。「そっくりじゃないすか、宇太郎に。あ、でもこの知的でおとなしそうな雰囲気は千映さんぽい」

「知的でおとなしい？」秋代が目を細めてわたしを見る。「宇太郎くんも昔そんなこと言ってたな。それが第一印象だったたって」

「はじめて聴いた」

「娘ちゃんに会いたいなあ」

「あと一時間したら宇太郎が連れてくるよ。一瞬だけど」

「なんで一瞬？」

「バトンタッチして、わたしが娘を連れて帰るの」

「そのまま三人ともいたらいいのに。それに、どうせなら順番逆の方がよかったんじゃないすか？」松本が意味深な笑いを浮かべる。「宇太郎、酒呑んだらめちゃたち悪いじゃないすか。俺むかし路上で巴投げされたことありますよ。あんときスーツ破けて大変だったんですから！」

「そういえば、そんなこともあったね」

松本が去ると、秋代は声をひそめて言った。

「ねえ、さっき松本に見せてた画像、もう一度見せてくれない？」

「いいよ、どうぞ」

手渡すと秋代は細長い指先でしばらくスクロールしてから、

「これなに？」

とスマホをわたしに向けてきた。暗い色合いの画面。

「少し前に幼稚園で絵画展があって、そこに展示されてた恵の絵」

「これって」

わたしは胃の辺りをさすりながらうなずいた。

「お題は『この夏、思い出に残ったこと』だったの。お友だちは、プールや恐竜をダイナミックに色鮮やかに描いてたんだけど」

恵が描いたのは、ひっそりとしたお葬式の絵だった。

棺に入った父の周りに、寒色系の花と、悲しそうな顔をした人たちがていねいに描かれている。

しずかで淋しい感じのする絵。恵にとっては、この場面が今夏いちばん印象的な出来事だったのだ。

ひとつだけ、奇妙なところがあった。

父の顔が、はっきりと描いてあるのだ。実際の父は、全身をグレーの袋に包まれて、顔を見ることなどできなかったのに。

「めぐちゃんに描いてもらって、お父さんもよろこんでるね」秋代がしんみり言った。

親を亡くした人にかける言葉として、これ以上ふさわしい言葉があるだろうか。

父の葬儀のはじまる直前、親戚から「これがお父さんの寿命だったんだよ」と言われたことを思い出した。あれはふさわしくない言葉だった。きっと彼に悪気はなかった。それでもわたしはそんなことを言われたくはなかった。

父はどうして六十代前半で死ななければならなかったのか。どうにかする手立てがあったとしたら、それはどの段階だったのか。わたしは最善を尽くしたといえるのか。疑問で頭がいっぱいのわたしを、「寿命だった」の一言で慰めようとする彼を、鈍感すぎると思った。

「凌也（りょうや）くんの写真も見せてよ」

そう言ったら、秋代は誇らしげに画像フォルダをひらいて見せてくれた。

小学校の運動会でエイサーを踊っている彼の表情は、とても恰好よかった。この年頃の子にありがちな恥じらいをすてた、美しく真摯な横顔だった。

「そういえばいまじゃ考えられないけど、むかしは運動会っていったら父兄はお酒呑んで応援してたよね」

写真から顔を上げて言ったら、秋代がきょとんとした表情を浮かべた。

「そうだっけ？」

「違う？　父兄って言い方もしなくなったし、四半世紀も経つといろいろ変わるよね」

「いやあ、お酒はさ、いくら二十五年前でも、さすがに校庭で呑む保護者はいなかったよ」

「ほんとう？　みんな呑んでると思ってた」

「もしかしたらいたのかもね。うちの両親は呑んでなかったから、呑んでる保護者がいるっていう発想がなかっただけかも。でも、みんなではないと思うよ」

運動会の写真は、きっと母の手元にあるだろう。水色のビニールシート。母お手製の豪華弁当と、ビールと焼酎。とろんとした目の父。

父を撮った写真には、どこかに必ず酒が写り込んでいる。父の姿を思い出すとき、いつも傍らにビールや焼酎があるのと同じように。

父はいつだって呑んでいた。

平日は酔っぱらって苛々をまき散らしながら帰ってくる。わたしや母には理解不能な些事から怒りに火がつくと、たちまち破壊的行動に結びつく。面倒臭い酔い方だ、と身構える前にはもう執拗に絡まれ、怒鳴られ、いったんそうなると果ては見えない。

休日は朝の段階ですでに泥酔している。べろんべろんで会話にならないときもある。いつ爆発するか知れない緊張感。わたしには休日というものが狂気に感じられた。さっきまで笑っていたのにとつぜん怒り出す父。危機に陥る可能性を一日中はらむ、片時も油断ならないもの、それが休日だった。

わたしはいつも混乱していた。どうして父は常に酔っぱらっているのか。どうして昨日と言っていることが真逆なのか。

小学校低学年の夏、家族でキャンプ場へ行ってバンガローに泊まろうという計画が持ち上がった。あれほど休日を待ち望んだのは、後にも先にもあのときだけだ。

そんな話になったのは、ある事件がきっかけだった。

もうすぐ梅雨が明けそうな、日曜の正午。わたしは親友のユキちゃんの家にお邪魔していた。

ユキちゃんの家の傘立てには売り物みたいに細く尖った傘が差してあり、長い廊下は建設中の家の木材の香りがした。ソファとピアノが置いてある居間は清潔で、ダイニングのテーブルもべたべたしていなかった。わたしの正面にユキちゃん、ユキちゃんのとなりにお父さんが座った。わたしのとなりにお母さんが腰をおろし、四人同じタイミングでいただきますをした。食事の途中、ユキちゃんが間違ってお父さんのグラスを摑んで口元に運んだとき、とっさに大声で「ユキちゃん！」と叫んでしまった。ユキちゃんもお父さんもお母さんも目を丸くして、わたしを見た。わたしは、お父さんのグラスに入っているものがウイスキーだと決めつけていたのだ。中身は、麦茶だった。ごはんのときにお茶をのむ男の人がいるなんて、それまで想像したこともなかった。

よく考えてみたらわたしたちは、ふだん同じ教室で勉強している子が、なにを普通だと思って生活しているのか知らない。ごはんのあと、ユキちゃんといっしょに公園へ向かいながらはじめてそんなことを思った。クラスメイトが、どんな家の中で何を、どんな気持で食べているのか。いっしょに暮らしている人と何について会話しているか、夏休みや冬休みには何をするのか、旅行へいくことはあるか、お年玉をくれる人はいるか、ぜんぜん知らない。勉強がわからないときは誰に尋ねるか、お腹がすいたらどうするか、淋しいとき誰かに抱きしめてもらうという発想があるか。ほかの子がどうしているのか、わたしたちはなんにも知らない。

そんなことを考えながらぼんやりしていたせいか、わたしは公園の遊具から落下してしまった。運の悪いことにそこに朽ちた木の破片があり、左腕に突き刺さった。びっくりして引き抜くと、大量の血が流れ出し、ぼたぼたと土に染み込んでいった。このまま死ぬのかなと思った。お母さん呼んでくるね、とユキちゃんが泣きながら駆けて行った。そこから先はおぼろげだが、はっきり憶えているのは、公園の入り口にママチャリを放り出し、髪の毛を振り乱しながら全速力で走ってくる父の姿と、怒られると思ったが怒られなかったこと。そして父が、自分の着ていたTシャツを脱いで勢いよく引き裂き、わたしの腕にきつく巻き付けたことだ。

「腕を心臓より高く上げておけ。大丈夫だ、死にはしない」

父はわたしを力強く励ましながら、ペダルをふんだ。

「落ちないよう摑まっとけよ」

その必要もないほど、わたしの身体は破ったTシャツの残りでしっかり父に固定されていた。

愛されている。そう思った。

わたしは父に愛されている。息を切らし、大粒の汗を垂らしながら病院を目指す父。頼りになる父。我が子をうしないたくないという怖れ、焦り。手に取るように伝わってくる必死さが、愛情の証に思えた。

病院で父は、応急処置の仕方が大変よいと医師から褒められた。

「処置によって傷の治りも違うんですよ」

父はそれに対して何も応えず、「お手数ですが、破片が残っていないかもう一度確認していただけないでしょうか」と頭を下げていた。そして帰り道、またわたしを励ましながら「心配するな。すぐ治る。そしたらキャンプに行くぞ」と力強く言った。

確かに回復は早かった。けれどわたしにとって大事なのは、傷の治りよりキャンプだった。カレンダーに印をつけて、その日を指折り数えた。父は、何度教えてもバンガローをガンバローと言ってしまうわたしをからかい笑っていた。待ち遠しくてたまらなかった。ユキちゃんに自慢し、持っていくお菓子も小遣いで買い、準備万端だった。

なのに当日の朝、父はリュックを背負ったわたしに、「中止だ」と言い放った。

頭の中が真っ白になった。片膝立てて焼酎を呑む父に震える声で「どうして」と尋ねると、「こんなくそ暑い日にキャンプなんかする奴はカスだ。熱射病にやられる」というなぜ今さらというような答えが返ってきた。黙っていると、父はダメ押しするように「それに具合が悪いんだ」と言った。具合が悪いのは前夜から呑み続けているせいだろうし、具合が悪いのに朝また酒を呑むのは変だ。

中止の宣告を受けたわたしは、リュックのショルダーベルトをぎゅっと握りしめて、こぼれそうになる涙をこらえた。きっとユキちゃんのお父さんなら、こんなことにはならない。もしも具合が悪くなったら、ごめんと謝って次を約束してくれる。

期待なんかしなければよかった。肩を落とすわたしのとなりで、母が珍しく父を批判するようなことを言った。このときばかりは父も自分が悪いことをしたという自覚があったのか（それとも酒量の関係で頭が正常な時刻だったのか）、「行きたければおまえらだけで行けばいい」とテレビの方を向いて言った。母はわたしを連れてキャンプ場へ行った。その先の記憶はない。きっと、愉しかったと思う。

諦めて生きる癖がついた。明日何が起きるか予測がつかない、それがわたしの日常だった。

孫に接するように、父がわたしにも穏やかな眼差しを注いでくれた時代はあったのだろうか。

父に温かく抱きしめられた記憶が蘇ればいいのに。そう切実に願うけれど、わたしがはっきりと憶えているのは父に抱きしめられた感触ではなく、自分が抱きしめていた冷たく分厚いガラス瓶の感覚だ。

焼酎一升は子どもには巨大で、ずっしりと重かった。いつも抱えて歩いた。無事持ち帰ることができなければ最悪の状況に陥る、大切な液体。その頃家から徒歩圏内に、酒を買うことのできる店は一軒しかなかった。我が家において酒は、米や味噌より切らしてはならないものだった。夜中に酒が切れるなどという事態は起こらなかったが、もしそんなことがあったとしたら、父は酒屋の戸をバリバリとたたき割ってでも店内に入り込み、焼酎を手にしただろう。

一升瓶を抱えて歩いているときに、学校の友だちとすれ違うことがあった。猛烈に恥ずかしかった。それなあに、と不思議そうに尋ねられたこともある。そんなことも知らない、おつかいに行くとしても酒など買わずに済む、自転車で連れ立って笑いながら駄菓子屋に向かう友人が羨ましかった。

酒屋から我が家までは子どもの脚で三十分かかった。疲れたときは脚を止めて休んだ。

けれど寄り道したんじゃないのかと疑われるのが厭で、遅いと怒鳴られるのが怖くて、立ち止まるのはいつもほんの数十秒だった。

あの日は運が悪かった。息を整え再び歩き出そうと顔をあげたとき、正面からカラスがものすごいスピードで飛んできたのだ。

「あっ」と思ったときにはもう遅く、焼酎は腕の中からすり抜けていった。落ちていくさまはスローモーションで、手を伸ばせば触れられそうなのに指先はかすりもせず、派手な音を立てて酒と粉々になったガラスがアスファルトに飛び散った。

辺り一面、父の匂いに包まれた。大量の酒がわたしの運動靴にも染み込んだ。

涙があふれでた。どうしよう。それしか考えられなかった。どうしよう。どうしよう。

休日の夕暮れどき、駅前商店街は大勢の人間が行き来していたが、泣きじゃくる少女に声をかけてくれる大人はいなかった。

よし。自分を鼓舞するように声を出し、わたしはいま来た道を戻った。

酒屋の店先に、奥さんが困ったような表情で立っていた。

「割っちゃったのね」

その瞬間、一度は止まった涙がまたあふれてくる。嗚咽で、意味のある言葉が出せない。

弱り果てた顔をしている奥さんを見て、申し訳なさで胸がいっぱいになった。

「すみませんが、ほうきとちりとりを、貸してもらえますか」

しゃくりあげながらお願いすると、奥さんは目をみひらいた。

「いいのよ、そんなことは」

背中にふっくらとした手が置かれた。促されるまま店内に入る。背の低い丸椅子にわたしを座らせると、奥さんはタオルでわたしの手や脛を拭いてくれた。そして、さっきと同じ一升瓶を持たせてくれた。おじさんには内緒ね。そうささやいて、店の奥の居住スペースを指差した。

わたしは焼酎を抱えて、店の入り口に立った。早く帰らなければ。歩き出そうとしたわたしを、奥さんが呼び止めた。

「今度は割らないようにね。はい、あーんして」

舌に、大きな飴玉が載せられた。コーラの味がしゅわしゅわはじける。奥さんは、飴の袋を、内側を確認もしないでごみ箱にすてた。

ああ、アタリかもしれないのに。そう思いながら、わたしはひらひらと落ちていく袋を目で追った。

破られた紙片がごみ箱へ落ちていく。こんなことをしていいのだろうか、と思いながらわたしはそれを見つめている。

通知表を破られたのは中二の冬だった。さほど悪い成績ではなかった。でも父の望む成績には届かなかった。破られた通知表をどうしたのかは、憶えていない。きっと父の記憶からも消えうせているだろう。

父はなんでも忘れてしまう。わたしが友人から借りたゲームボーイを怒りに任せて放り投げ破壊したことも、蹴り飛ばされたわたしが壁に頭をぶつけて失神して救急車が来たことも、ぜんぶ。

この頃、父の暴力は激しさを増していた。

きっかけはおそらく、信頼していた部下の裏切りだ。我が家にも何度か遊びに来たことのあるその男が会社の金を使い込んで消えたことを、わたしは両親の会話から悟った。上限をとっくに超えた酒量がさらに増え、会社に嘘をついて遅く出社したり、とつぜん帰ってくるようになった。家の電話が鳴っても出ない。仕方なく受話器に手を伸ばすわたしに父はいつも命令した。「俺がここにいることは言うなよ」焼酎片手にテレビを眺めながら。

酒量と比例するように、妄想が大きくなっていった。

父はあらゆる物事を悪く取った。勝手に想像を広げ、よい面はまったく見ようとしない。常に他人の言動のあらを探し、わたしや母に対しても不確かさや曖昧さは一切受け入れず、根拠のない結論を勝手に下した。よくそんな妄想ができるな、と呆れることも多々あった。父にとっては思考が現実だった。こちらにとっては何の思惑もない行動も、父の思考に決めつけられ、どんなに否定しても受け入れられることはなかった。「お父さんは人を見たら泥棒と思えって育てられたから」母は父を庇うようなことを言ったが、何もかもが極端でついていけなかった。

いちばん厭なのは、暴力だった。

思い込み。そして発作的に手が出る、脚が出る。脇腹に足の裏が重くめり込む。「熱い」の次に「痛い」がやってくる。「怖い」「悲しい」「逃げたい」。でも耐えているうちに、それらがすっと消える瞬間がある。あとはただ嵐が過ぎ去るのを待つだけだ。殴られ罵倒され、庭に突き落とされようと髪の毛が血で後頭部にこびりつこうと、わたしはなにも感じない。

近所にも異様な音や大声が響き渡っていたと思う。けれど警察や役所の人が我が家を訪ねてくることは一度もなかった。

正常と異常の境目ってなんだろう？　中学生のときはよくそんなことを考えていた。成績が落ちて注意されるのは正常。でも通知表を破られるのは異常。子どもが家事を手伝うのは正常。けれどいくら共働きだからって、食器洗いも風呂掃除も、朝食も時には夕食も子どもが作ってその買い物までするのはきっと異常。毎日ビールと焼酎を買わされるのはもっと異常。親が夜に少量の酒を呑むのは正常。酒以外ののみものを口にしているのを見たことがないのは異常。健康に悪影響が出ているとわかっているのに呑み続けるのは、確実に異常。いま思えば、母を自分と同列な場所に置いていたわたしも異常だった。

会社員だった頃の父は、年に一度の健康診断を心底嫌悪していた。引っかかって再検査になるのが恐怖だったらしい。長時間じっとしていなければならないのも、喉の奥に管を突っ込まれるのも、あんなの人間のやることじゃないと脂汗をかきながらわたしに力説していた。自覚していない病気が明らかになるショックに比べたら知らないままでいたい、という気持もあったと思う。検査が終わると任務完了とばかりにその後のことはすべて放置した。会社から電話がかかってきたこともある。「再検査を受けるよう、お父さんに伝えてください」とその人は言った。電話を切ると、仕事をさぼりすぐそこで酒を呑んでいる父に伝えた。「いいんだ、どうせどんなことを言われるかはわかっている」濁った目で父は言った。「酒を控えろ、だろ。控えてどうやって仕事しろって言うんだ」

そこから会社に対する愚痴が始まる。延々と他人を疑い、攻撃し続ける。

「あいつらはカスなんだ。原理原則っていうものをわかっていない」

こういう話をするときの父は、思い通りにいかない自分に腹を立てているように見えた。そしておそらく、そのことに気づきたくなくてまた呑むのだろう。

「あれほど信用していた部下に裏切られ、裏切られたのはおまえに落ち度があるからだと上司には責められ、状況を説明すると弱音を吐くなと言われ。カスが。弱音じゃないんだ。よく考えればわかる。わからないということは、あいつらにはニワトリ以下の脳みそしかないということだ。利益の大方は俺の仕事に頼っているくせに。その上酒を控えろなんてどの口で言うんだ。酒で人間関係作ってきたんだ。俺はおやじが酒呑みだったことに感謝している。そうじゃなかったら破格の条件での契約などできはしなかった」

父が研修だか慰安旅行だかでハワイ旅行に行ったときの様子を収めたビデオを観たことがある。いろんな会社の幹部が集ってのゴルフ大会や、食事会の映像だった。たまに映る父の表情はつねに憮然としていた。ちらっと笑顔を見せることもあったが、それはアルコールを摂取したときに限られていた。極端に他人に気を遣う性格の父にとっては、何日も集団行動をするなんて苦痛以外の何物でもなかったのだろう。父は酒なしでは人と接することができなかった。

呑んで寝て、起きて呑んで、さらに呑んで歯を磨いて父は仕事へ行く。夜更けに帰宅する。すでに正体をなくすほど酔っているのに、さらに呑む。呑み続けて仕事を休んでしまう日もあった。仕事に対して、脳と肉体が支障をきたす様になっていたのだと思う。

その頃クラスの女子たちはよく「お父さんが気持悪い」と顔をしかめていた。わたしは父を気持悪いと思ったことがない。怖い、予測がつかない、それだけだった。

高校時代は、両親の喧嘩の激しさがピークだった。

夜中、言い争いや泣き声や呻き声をききながら、「どこかに行ってほしい、できれば死んでほしい」と思っていた。布団をかぶって、心からそう願っていた。一刻も早く朝が来てほしかった。部活の仲間と楽器を吹いているときだけは、みんなと同じ、一般的な高校生でいられるような気がした。

アルトサックスの松本が去り、フルートの沙智子（さちこ）が来た。カウンターに肘をつきカクテルをたのんでから、沙智子は軽い感じで訊いてきた。

「秋代、その後だんなは？」

「いなくなったー」

「お金は？」

「ある」

「じゃ大丈夫だね」

にっこり笑うと沙智子は、カクテル片手に去っていった。

「沙智子って高一のとき、楽器を運ぶ業者の人と付き合ってたよね」

「そうだった」そんなこともあったと笑ってしまう。「秋代、よく憶えてるね」

「憶えてるに決まってるじゃん、衝撃だったもん。あの、変などくろの指輪したパサパサの金髪の、ちょっと腹の出たおやじ、今思えばただのロリコンだよね」

忌々しそうに、冷えて固まったチーズからトルティーヤチップスを一枚引き剝がし、秋代は続けた。

「しかもあいつクラの先輩にも手出しててさ。最低だから別れなよって勧めたらふたりともに激怒されて」

「それでも秋代、めげずに説得してたよね」

「そうそう。他人のことなのにね。なんであんな熱心だったんだろ。いまならほっとくけど。でもさ、成人式のあとの呑み会で沙智子に、『あんときは別れろって言ってくれてありがとね』って言われたから、結果オーライでしょ。何かの間違いであのまま結婚とかなってたら、沙智子地獄だったよね」

別れろって言ってくれてありがとう。

沙智子の言葉を胸の裡で反芻する。

「秋代は、ご両親に対して、別れたらいいのにって思ったことある？」

「あるある、ありまくり」

「沙智子にしたみたいに勧めた？」

「うちはそういう親じゃないの。千映んとこは？」

「わたしは母に、小学生のころから離婚を勧めてたよ。母は聴く耳を持たなかったけど」

結果的に離婚はしたが、それはわたしの言葉とは無関係だ。

「それでもいっしょにいたのは、やっぱり経済的な理由とか、世間体だったのかな」

「わたしも子どもの頃はそう思ってたの」

「違ったの？」

「一昨年かな、ふいに思い立って訊いてみたんだよね。なんでお父さんとずっと別れなかったの？　って」

「そしたら？」

「『好きだったからよ』って」

「すごい衝撃！　なにそれ！」

興奮した秋代は、手に持っていたトルティーヤチップスからキドニービーンズがこぼれ落ちたことにも気づかない。

「でも千映、高校のときはお父さんがどうとかぜんぜん言ってなかったよね？」

「うん」

「おうちが厳しいっていうのは聴いたような気がするけど。門限もすごく早かったし」

「今思えば厳しいっていうのとは違ったんだよね。正確には、おかしかったんだよ」

決定的に異和感を覚えたのは、高校二年のときだ。

その春、わたしは一学年下の宇太郎と付き合い始めた。彼の部屋ではじめてのキスをして、夏合宿で互いの肌にふれ、秋の終わりにはじめてのセックスをした。

宇太郎は幼く、やきもち焼きで、ちょっとお調子者のところはあったけれど、底抜けに素直で、わたしを全力で大切にしてくれた。夜道は危ないからと、どんなに疲れていても必ず駅まで送ってくれた。さむい冬の日には、わたしの手を自分のポケットに入れてくれた。わたしが落ち込んでいるときは頭をそっと抱いて自分の胸に引き寄せてくれた。急に感情を爆発させることもなかった。そして最も重要なことは、昨日と今日とで発言が変わらないことだった。

宇太郎は昨日と今日がちゃんと地続きだった。宇太郎と抱き合っていると心の底から安らいだ。安らぐと同時に自分の家はどうして安らがないのかを考え、目がひらいていくような心地がした。


「妊娠しちゃったみたい」

となりのクラスの女子から電話がかかってきたのは、高二最後の試験期間中だった。彼女とわたしは特別親しい間柄というわけではなかった。学校の外で会ったこともない。けれど性的な相談はし合っていた。主に体育の時間に。足りなければ休み時間に。図解入りで説明したり、安全日とはいかなるものか仕入れた知識を交換したり、マイルーラというフィルム状の避妊具をどちらかが薬局で買ってきて折半することもあった。

彼女からその電話がかかってきたとき、父は例のごとくすぐそこにいた。テレビも電話も、両親の部屋にあるのが恨めしかった。会話の趣旨を父に知られないよう、そして「長い」「いい加減にしろ」と怒鳴られないよう、細心の注意を払いながら会話した。

「こないだ分けたのは、使わなかったの?」

「使った。でもちゃんと溶けきってなかったのかもしれない」

「もうひとつの方は?」

「……つけてって、言いづらかった」

妊娠検査薬で調べたら陽性だった、彼氏に電話したら考える時間が欲しいと切られてしまった、その後何度かけても出てくれない、不安だ、怖い、明日病院へ行ってみる、費用はお年玉を使わずためてきたからたぶんなんとかなる、というようなことを彼女は時折すすり泣きながら言った。

父は、焼酎の入った湯飲み片手に白黒の洋画をじっと観ている。

もし病院に彼氏が付き添ってくれないならわたしが付き添う、という内容を直接的な単語を使わず遠回しに伝えて電話を切った。そのまま部屋を立ち去ろうとしたら父に呼び止められた。

はい、と恐る恐る返事をして振り返る。

あっ、と声が出そうになった。

父の目が赤い。

あのな、と言って父は一度咳払いをした。

「簡単にアドバイスをしてはいけない事柄というものがあるんだ」

湯飲みを置いて、父はわたしの目をまっすぐ見つめた。

「わかるか。人の命だぞ」

人の命だぞ。

そう言ったときの父の声と眼差しが、わたしの中からいつまでも消えない。


まどろみに腕が突っ込まれ、勢いよく現へ引きずり出された。

ぼんやりと瞼を開ける。カーテンの向こうはまだ薄暗い。遠くから、くぐもったアラームの音が聴こえてくる。いったいどこで鳴っているのだろう。靄のかかった頭で考えていると、押し入れの扉が内側からすーっとひらく。そして「おはよう」と目覚まし時計片手に母が出てくる。

初日は声も出ないほど驚いた。おまえみたいな臭い奴とは寝られないって言うから。理由を尋ねたわたしに母は淡々と答えた。どう考えたって臭いのは父の方なのに。人の命をどうこう言う前に、妻の幸せを考えてほしい。

当時住んでいた家の間取りは2Kだった。わたしの部屋は四畳半で、布団は一組しか敷けない。いっしょの布団で眠ろう、もしくはわたしが押し入れに寝るよと提案してみたが、母は「意外と快適だよ、静かだし、テレビの音も光も入ってこない」と言った。

不眠症の父は一時間少々寝ては起き、ふるい洋画や、鯨や深海魚などのネイチャー番組を観ながら酒を呑み、少し眠っては起き、というサイクルを三六五日繰り返していた。わたしが物心ついたときからずっとそうだった。確かにそんな鬱陶しい空間で眠るよりは押し入れの方がましかもしれない。まるでドラえもんのように母が押し入れの上段から出てくる生活は、二、三か月続いたと思う。父の気が済むまで。

「アハハハハ！」

身をよじって秋代は大笑いした。目の端に涙すら滲んでいる。

「ごめん、でも笑っちゃう。その話、リアルタイムで聴きたかったよ」

「言えるわけないよ。押し入れから出てくる母親なんて、あの高校にほかにいたと思う？」

「高校どころか、日本にも数人いるかいないか」

「でしょう。誰にも言えなかったよ。秋代のお母さんも宇太郎のお母さんも絶対そんなんじゃないって思ったから」

「もしうちの母親が押し入れで寝ろとか言われたら、激怒して出てくだろうなあ」

「それがふつうだし、わたしも宇太郎にそんなこと言われたら耳を疑うけど、母はそうじゃなかったんだよね」

「好きだったから」

「うん」


「お父さん、アルコール依存症っていう病気かもしれない」

電話口で母が呻くように言ったのは、わたしが大学卒業後、実家に近寄らなくなってからだ。就職と同時に一人暮らしをはじめた宇太郎の家に入り浸っていた。

いまとなっては不思議で仕方ないのだが、母に言われるまで、わたしの中に父が病気だという発想はなかった。厳しくて気難しい、酒好きな人だと思っていた。母に言われて本やインターネットで調べてみたら、父の言動は依存症患者のそれと完璧に一致した。

もっと早く気づいていたら、わたしたち家族は違う道を歩めたのだろうか。

「呑んでるときに咳をしたら、ヘルニアっぽいのが右の下腹に出たらしいの」

その頃母は、わたしによく電話をかけてきていた。はっきりとは言わなかったが、手を貸してほしいと思っている様子だった。会おうと思えばすぐ会える、電車もバスの本数も多い都会に暮らしているにも拘わらず、どうしても実家に帰る気にはなれなかった。帰れば殴られる。

「押してしばらくしたら元通りになったらしいんだけど、咳をするとやっぱり時々出てくるみたい。あとは相変わらず歩きづらそうで、目も見えにくいんだって。本もほとんど読んでない。家にいるときはお酒を呑みながらジャズを聴くかテレビを観るか寝るか、それだけ」

そんな人と暮らすなんて地獄だ。わたしは父から物理的に離れることでそこから抜け出せたが、母だけにその地獄を味わわせているという罪悪感は強く残っていた。

「お父さんがそばにいると身体が震えるようになった」

母はどんどん不安定になっていった。

「このままだと新聞の三面記事とかに載ってもおかしくないなって思う」

父がそばにいないからわたしが安定できているかというと、そうでもなかった。別の家に暮らしていても、わたしは父に縛られていた。

どうしたらいいかわからない。どっちの方向に進めばいいのか、誰にたすけを求めたらいいのか。

「自分の意志で咳が止められないように、アルコール依存症患者は自分の意志では酒をやめられません」

その頃調べた病院のホームページにそう書いてあった。かといって本人に断酒する意志がないのに病院にむりやり連れて行っても意味がないという。

じゃあいったいどうしろというのだろう？

時々、父に電話をかけた。父と話したくなどなかったが、祖母に頼まれたり、母のことが心配だったりしたから、かけた。父の元気な声を聴いて、罪悪感から少しでも解放されたかった。実際は電話を切ったあと気分がよいときなどほとんどなかった。

幸い父にも「このままではだめだ」と考える瞬間がごく稀ながらあるようだった。父はなによりも、自分の頭がだめになってしまうことを怖れていた。健康な人の脳と、アルコールによって萎縮した人の脳の写真が並べてあるのをテレビで観て、衝撃を受けたらしい。そしてその恐怖を和らげるためにまた呑んでいた。怖かろうが淋しかろうが父は呑んだ。暇なときも愉快なときも父は呑んだ。

「両脚のしびれが、ひざから下に拡大したんだよなあ」

電話をかけてきた父が弱音を吐いたタイミングで、すかさずアルコール治療専門病院の外来予約を入れた。

父の顔に張りつく疑心と不安を追っ払うために、その朝わたしは缶ビールを鞄に忍ばせた。雨が降っていたので、やむなくタクシーで向かった。途中で気が変わって家に帰ると言い出したらどうしようか、はらはらした。交通費もわたしの有給休暇も無駄になる。そしてなにより、父が酒を断つ機会が遠ざかってしまう。

雲行きが怪しくなってきたのは、赤信号で停車したときだ。病院はすぐそこに見えていた。

「この車はいったいどこに向かってるんだ？」

硬い声で父が言った。運転手の背中がこわばった。

「おまえ、俺を騙したな」

わたしは無言で鞄からビールを取り出し、プルトップを開けて差し出しながら「ねえお父さん、哲学という日本語を創った人が誰か、知ってる？」と尋ねた。

「哲学という言葉……？」

ほんとうに雨が降っているかどうか確かめるように、父は目を細めた。

「ちょっと待てよ、俺はそれを知っているぞ。フィロソフィーではなく哲学ということだな？」

父はビールを半分ほど一気に呑むと、あいている方の手で自分の髪の毛をつまみ、ざりざりと潰しながら思考に耽り始めた。ヒントを出したりはぐらかしたりしつつ、運賃の支払いを済ませ、傘を差して父を促し、なんとか外来受付までたどり着いた。内科の診察が終わり、「次は精神科へ行ってください」と言われた。

せいしんか、という単語は独特の響きを持っている。たった五音のその言葉が、わたしたち家族を、それまでとはまったく違う場所へ運んでいったような気がした。

はじめて出会った精神科の医師は、五十歳くらいの痩せた男性だった。

話し方は淡々としており、人と接することは得意ではないかもしれないが、自分の研究や興味のあることに対しては純粋な探求心が感じられる男性だった。わたしはその医師に好感を持った。

彼が父をアルコール依存症と診断した瞬間のことは、よく憶えている。

その狭い部屋でわたしは、うれしい、と思った。

父がわたしを罵倒したり殴ったりしたのは、わたしのことが憎いからではなく、病気だったからなのだ。

「入院して断酒するしかありませんね」

医師は、父の目を見つめてきっぱり言った。

「そうですね、私に節酒は無理です」

その場では父も同意する素振りを見せていたが、いったん帰宅すると入院はしないと意見を翻した。酒なしじゃ眠れないし、入院スケジュールを見る限りこんな生活を送るのはむりだ、外来で治す、やれる、きっぱり宣言した。片膝立てて焼酎の一升瓶を傾けながら。

外来にはそれきり脚を運ばなかった。俺から酒を取り上げたら殺すという気迫で、父は呑み続けた。


「どうしよう、離婚届に無理やり記入させられちゃった」

いまにも泣き出しそうな声の母から電話が入ったとき、わたしは宇太郎とふたりで友人の結婚パーティに来ていた。きらびやかで笑い声に満ちた場所から離れ、トイレ前の廊下で壁にもたれて母の話を聴いた。提出こそしなかったが、父は何かよくわからないことをわめきながら、次におまえがふざけたことをしたら役所に出すと宣言したそうだ。出せばいい、むしろもっと早く別れればよかったのにと思いながら聴いていた。

この頃は、次から次へといろんなことが起きた。

まず、父が仕事を解雇された。よくここまで辞めさせられなかったなと感心する思いと、父がこんな風になった原因のひとつが会社だろうにという複雑な感情が、わたしの中で入り乱れた。

父が無職になった直後、父方の祖父が家の中で絨毯につまずいて転び、太ももの付け根と手首を骨折した。祖父は寝たきりになり、身の回りのことが自分ではできなくなった。退院後はそのまま高齢者施設に入った。

だから、実家に帰りたいと父が言い出したのは自然な流れだったと思う。親父のことが心配なんだと父は言った。家で看ず老人ホームに押し込むなんて、と祖母に対して憤ってもいた。

父は祖父が暮らす施設のそばに新しい職まで見つけてきた。呑み屋で知り合った人が経営する不動産関係の会社を手伝うことになったのだという。父と母は家を引き払い、祖母のいる実家に引っ越していった。

父とわたしのあいだに、千キロ以上の距離ができた。

父は、毎朝毎夕祖父を見舞った。祖母が呆れるほど頻繁に施設を訪れた。

「死ぬのは怖くない、おまえのことだけが心配だ」

祖父はろれつの回らない口で、そう言ったらしい。その話をしたとき父は鼻をすすっていたが、「田舎は生活費が安く済む」「食いもんがうまい」と上機嫌で電話をかけてくることもあった。

しばらくすると両親は、例の会社の近くにアパートを借りてふたりで暮らし始めた。父が、何かと口出ししてくる祖母と生活することに耐えられなくなったのだ。

雨が降ると体調不良で外出できなくなる父は、すぐに仕事を首になった。

死は人ひとりまともにする。

父がはじめて入院を決意したのは、祖父の死がきっかけだった。

実の父親の葬式だというのに、父はずっと酒臭かった。喪主の挨拶も、見ているこちらが不安で堪らなくなるようなスピーチだった。声も手も震えっぱなしで、献杯のグラスすら持てない状況だった。畳の上であぐらをかき、参列者に対する被害妄想をつぶやき、朝も昼も夜も呑み続けた。

告別式の夜、祖母の家の仏間に入っていくと、父は背中を丸めて焼酎を呑んでいた。

「大車輪が得意な、授業参観にも来てくれる自慢のおやじだったんだ」

絶望に打ちひしがれながら、次から次へと酒を身体に放りこんだ。

なんでこんなときまで呑むんだろう。酒を呑んで問題が解決したことがあっただろうか。

わたしは持っていた紙をひらいた。仏間へ入る直前に母から渡された、父が内科にかかったときの検査結果だった。基準値16〜73のγ－ＧＴＰが、父の数値は３００を超えている。尿酸値もＡＳＴも突き抜けるほど高い。逆に血糖値やコレステロール、赤血球数は極端に低かった。

その用紙を見せつつ、無駄と知りながら断酒を勧めてみた。意外にも父は神妙な顔つきで聴いていた。

「おじいちゃんも心配してると思うよ」

ダメ押しすると、父の黄ばんだ目から涙がぽろりとこぼれ落ちた。

翌日、父がその紙を差し出してきた。文字が透けて見えたので裏返すと、こう書いてあった。

『平成〇年十月二十八日、断酒します。』

そして、署名と拇印。

あのときの父は、妙に澄んだ瞳をしていた。おじいちゃんが亡くなってよっぽどショックだったんだね。母は断酒への期待に胸を膨らませていたが、その晩には呑んで、呑み続けて三日後の朝、こう書いた。

『平成〇年十月三十一日、断酒します。』

間髪を入れずわたしは尋ねた。

「できなかったら入院する？」

怒鳴られるのを覚悟して発した言葉だったが、意外にも父は「するしかないだろうな」

とつぶやくように言った。

わたしと宇太郎が暮らすアパートのそばに、国内有数のアルコール治療専門病院がある。もし父が入院する気になったらそこがいいだろうと、母と話したことがあった。病院の概要を説明し、入院となったら飛行機だね、と何気なく口にするとそれはむりだと言う。

「新幹線以外での移動はできない」

手段などなんでもよかった。病院にたどり着きさえすれば。

「ただし列車はグリーン、酒とつまみを用意すること」

いいよとわたしが答えると、父は少し考えてから、さきほどの紙に書き足した。

『できなかった場合、十一月二日入院の手続きを取ります。』

そのときずんずん廊下を歩いてくる足音がして、勢いよくふすまがひらいた。

「まさかここら辺の人たちに、ばか正直にしゃべってないでしょうね？」

仁王立ちで祖母は言った。首を振って、親戚にも近所の人にも何も言ってないと答えると、うなずいて、また足早に台所の方へ戻っていった。

父はちゃんと仕事をして稼いでいる。ましてやアルコール依存症などという恥ずかしい病気ではない。そういうことになっている。

精神的な病を抱えた人を入院させてくれる業者がある、とニュース番組の特集で観た。是非頼みたい、そう思って詳細を調べてみたら、三百万円もかかることがわかって落胆した。でも仕方がない。心身ともに危険をはらんだ事案だし、ただその日数時間だけ接触してハイ終わり、ではなく事前に何度か会っておくことも必要なのだから。がっかりしたが、同時に承認されたような気持にもなった。

わたしがこれから成し遂げようとしていることは、三百万円に値する労働なのだ。

十一月二日の朝。駅のホームでビールとワンカップとピスタチオを買いこみ、わたしは父と新幹線に乗り込んだ。

アルコールを断つために入る病院へ向かうのに、アルコールを呑むなんて矛盾している。それくらいわかっている。それでも、酒も持たずに父と何時間もいっしょに過ごすのは、断崖絶壁の数センチ手前で逆立ちしているようなものだ。あのときは酒がお守りだった。

酒を呑んでいる父が怖い。

でも呑んでいない父はもっと怖い。

窓辺に空き缶が並んでいく。父は大声で「新幹線がバックしている」とか「拍手が聴こえる」などと言って周囲の乗客を不安に陥れた。機嫌は悪くなかった。これから向かう先があの病院でなければ陽気な珍道中と言えなくもない。問題は、長い道のりの途中で父が帰ると言い出す可能性が極めて高いことだった。父の感情が何時間も一定していたことなどない。そんな父と同じ空間で過ごさなければならないことが苦痛でたまらない。

父は、体育のあとの子どもが水をのむみたいに酒を呑んだ。とにかく呑んで呑んで呑みまくった。今日の優先順位ダントツ一位は「無事入院してもらうこと」だ。そのためには父の心が平和であることが必要で、父を平和にするものは酒しかなかった。

アル中に酒を呑ませるのと、酒を呑ませないようにするのと、どっちが簡単か。

考えるまでもない。呑ませるのは労力ゼロだ。まぶしいときに目をつぶるとか、かゆかったらかくとか、その程度の、力というよりはむしろ「反応」だ。一方、アル中に呑ませないようにするのは、わたしにとってこの世に存在する何より難しい。無駄、消費、浪費、徒労。

口数が少なくなったと思ったら、窓際で父はうとうとしていた。

そして本格的に眠り、起きたら顔つきが一変していた。

ジャックナイフのように鋭い眼差しで、

「こんな遠くまで連れてきやがって」

どすのきいた声で言って、父はわたしを睨みつけた。

「酒を出せ。出さないとおまえの結婚式めちゃくちゃにしてやる」

酒はもうない。クイズも用意していない。車内販売はずいぶん前に通りすぎた。先頭車輛まで探しにいってみようか。でもこれ以上酒臭かったら入院させてもらえないかもしれない。降りる駅まではあと十五分もあった。念のため前回の答えを忘れている可能性もあると思い、「日本語の哲学という言葉を創ったのは誰かわかる?」と訊いてみたら即答で「西周だってこのあいだ話しただろうが、このカスが」とこめかみを拳骨で殴られた。

五感を閉ざして十五分耐え、新幹線を降りた。在来線に乗り換える途中のキオスクでビールを買って与えた。唇の端から黄金色の液体をたらたらとこぼしながら、父はロング缶を一気に呑みほした。

それから三十分、父は一言も喋らなかった。そして病院の最寄り駅の改札を通り抜けた瞬間、前を歩いていたわたしの腰を力の限り蹴り飛ばした。ジャケットに靴跡がついた、そう確信するほど激しい衝撃だった。それでもよろめきはしたが、転ぶことはなかった。驚きもない。いつも通りのことだったから。

振り返ったわたしを睨んで、父は地の底を這うような声で言った。

「おまえ、俺を騙してこんなところまで連れてきて、どうなるかわかってるのか」

完全に目が据わっている。

わたしは再び前を向き、つめたい霧雨の降る中、バスロータリーを目指した。

腰の辺りをはたきながら、どうしてこんなことになってしまったんだろうと考える。父は祖父を愛していた。母のことも、わたしのことも愛していた。家族みんなで愉しく暮らしていこうと考えていた時期が、間違いなくあったと思う。

けれど父の中にはもう、愛したことも、愛されたことも、ほとんど残っていない。悪い方向にのみ広がっていく妄想も祖父への愛情も母に対する見当違いの憎しみも、いずれ忘れる。すべて忘れてすべて麻痺して父は死ぬだろう。

そしてそんな父の笑顔を、誰も思い出せなくなる。

問診室にいたのは、三十歳くらいのこざっぱりとした女性保健師だった。少し会話を交わしただけで、「話の通じる人だ」と思った。頭の回転が速く、事務的でも過度に情の厚い感じでもない。

「自殺したいと思ったことはありますか」

訊かれて父は即答する。

「それはないですね」

「娘さんは非行に走りましたか」

「いいえ」

「酔ってご家族に暴力を振るうことはありましたか」

「ありません」

「えっ？」

反射的に父の方を向いた。

いま、なんて言った？　さっき道端でわたしを蹴ったよね？　ずっと、わたしや母に暴力をふるってきたよね？

言葉は、喉の奥に留まって出てこない。

「それは、ないですね」

念押しするように、父はもう一度言った。わたしはその横顔を信じられない思いで見た。なにを考えているのか探るように、じっと見た。

父は嘘をついているのではなく、心の底からそう思っているようだった。保健師は、わたしの表情をさりげなく確認してから、少し長めの文章をカルテに書きこんだ。英語とラテン語を理解する父が、老眼と乱視と錯乱のせいでそれを読みとれないことを祈った。

「幻覚や幻聴はありますか」

「それは、たまにあります」

父が素直に言ったので、わたしも付け足した。

「ここへ来るまでにも、新幹線がバックしているとか拍手が聴こえるとか言いました。拍手は、乗客が乗り込んでくるときの靴音だったと思うんですけど」

「いかしてますね」保健師はニヒルに笑った。「虫とか悪口とかはよくあるんですけど、新幹線バックは初めて聞きました。では、ちょっとすみませんが、足を見せて下さい」

「何のために、そんなことをする必要があるんですか」

「脚気や痛風の状態を診るためです」

「私の足は臭いですよ」

「大丈夫です。慣れてますから」

笑いながら父は靴下を脱いだ。

問診が終わり、保健師が立ち上がる。

「では次は精神科の先生との治療方針相談です。おとなりへ移動してください。何か心配なことなどありましたら、遠慮なくおっしゃってくださいね」

この人はプロだ。わたしは心の中で猛烈に感謝していた。あの父が、初対面にも拘わらず少し心をひらいた。わたしも彼女のもとでなら父と向き合えるかもしれない。

この病院でなら、もしかして。ふわふわと上昇する期待を抱いて、となりの部屋へ入った。

そこは、不思議な匂いのする、ひんやりとした空間だった。もみあげの長い男性医師は、わたしたちをちらりと見てすぐカルテに視線を落とした。

それきり、一度も顔を上げようとしなかった。

機械的な質問。早く切り上げたそうな前のめりの相づち。空気が徐々に重くなっていく。厭な予感がした。

しばらく会話したあとに、父は硬い声で言った。

「やっぱり自分の家の方に戻って、通院と、薬で治したい」

「それは、どうしてですか」

もみあげは尋ねた。カルテに向かって。

「三か月も入院して、夜にやることがない。眠れないんですよ」

「じゃあね」彼はくだけた口調で提案した。「一か月半コースがあります」

「ならそれにします」

一も二もなく父は飛びついた。叫び出しそうになるのを堪えて、わたしは言った。

「三か月の方がいいと思うんです」

「おまえ、馬鹿か?」

軽蔑と焦燥の入り混じった目つきで父が睨みつけてくる。握りしめた拳が振り下ろされる覚悟をして、わたしは言った。

「三か月の方がいいって言ったのは、お父さんだよ」

「そんなことは言っていない。そうやってまたおまえは、俺を騙す」

「お母さんとわたしの意見に従うって言ったのに」

「いつだ? 俺がいつそんなことを言った。え? きっちり順序立てて説明してみろよ」

「署名捺印もしたじゃない」

もみあげはしばらくのあいだ黙ってわたしたちのやり取りを見ていたが、あからさまなため息で遮って、つめたく言い放った。

「三か月だと今日入院できます。ですが、一か月半だとベッドが空いていないので一週間待っていただくことになります」

「じゃあ一週間待ちます」

父から結論を引き出すともみあげは立ち上がり、流れる動作でドアノブを引いた。

「では一週間後、また来てください」

スイッチを押されたように、わたしの目から涙が大量にあふれだした。

一週間後?

冗談じゃない。そんなこと簡単に言わないでほしい。この場を立ち去ったら、病院の門をくぐるチャンスはもう二度と巡ってこないだろう。今日、いましかない。これを逃すと断酒なんか一生むりだ。どうにかして今回限りで酒をやめてほしいのに。それは父のためでもあるのに。

入院がたった一か月半ということもショックだったが、それ以上に一週間待つということがわたしにとっては常軌を逸していた。その七日のあいだに、父はひたすら呑み続けて、歩くことすらできなくなるだろう。ここへは戻って来られない。わたしの中の、父をこうして病院に連れてくるためのパワーも、完全に消滅するだろう。頭の回転が急激に鈍くなっていく。

どこかで、こうなるような気がしていた。父がすんなり入院するなんて、そんなにことがうまく運ぶはずがなかったのだ。

あの、と泣きながらわたしはもみあげに質問した。

「どうして一か月半だと空いてなくて、三か月だと空いてるんですか」

「治療のカリキュラムが違うからですよ。病棟が別になるんです」

「先生お願いします。どうしても今日はだめですか?」

先生。呼びかけても、もみあげはこちらを見ない。

「先生には関係のないことでしょうけど、ここまで連れてくるのは、ほんとうにたいへんだったんです。一週間後なんて、また来られるかどうかわかりません。お願いです。今日、どうにかなりませんか」

もみあげはまったく取り合わなかった。のらりくらりとよくわからない弁解をくりかえし、時々腕時計を見た。わたしは、あとからあとからあふれてくる涙を手の甲でぬぐった。

「お父さん、お願い。今日入院しよう。ね?」

「おまえは詐欺師だ」

「わたしとお母さんは、お父さんに元気になってほしいよ」

「おまえは口先ばっかりの犯罪者だ」

「まあ、こうおっしゃってますし。ベッドが空いていないのはどうにもならないんでね」

わたしの希望は完全に打ち砕かれた。

もみあげが追い打ちをかける。

「それに結局は、ご自身の意志で入院を決めないと意味がないんですよ」

意志?　意志ってなんだ?

この病院のサイトにも「お酒は意志ではやめられない」と書いてあったではないか。

もみあげは明らかに早く出ていってほしそうだった。イライラと靴先を鳴らし、しまいにはうんざりした声で言った。

「臨床検査科のあたりで話してもらえますか」

わたしたちは、診察室を追い出された。


もみあげ医師が口にした臨床検査科というのが、どこにあるのかわからない。先ほどの保健師を探す気力もなかった。そして父とわたしはもう、話し合いなどという穏便な雰囲気からは最も遠い場所にいる。

また流れそうになる涙を堪え、バス停までの坂道をくだった。あのもみあげに言ってやればよかった言葉が頭の中に次から次へ浮かんで、くるしい。

一週間、どこで過ごせというのだろう。

ため息がもれた。気温がぐんと下がっている。

さむいさむいと父が言うので、よれよれのボストンバッグからタオルを取り出した。父はそれをひったくるようにして首に巻きつけた。

「一週間、うちに泊まる?」わたしは尋ねた。きっと宇太郎はいいと言ってくれる。

相当な決意を持って発した言葉だったが、父は即座に却下した。

「俺はそんなに厚顔無恥じゃないぞ。まだ親戚でもないのに、宇太郎くんに悪いじゃないか」

わたしたちのアパートに泊まらないのは、好きなように酒が呑めないからだ。

なのにこうして、自分が他人を思いやっているかのように言い訳する。

アル中はいつも言い訳ばかりだ。呑むために。呑む、呑みたい、その一心でひたすら呑む。呑むこと以外、ぜんぶ後回し。自分の人生が、そして周囲の人間の人生が、めちゃくちゃになっていることから目を逸らすためにも、必要なのは酒。すべてが酒を中心にして回っている。そんな人間から酒を消すことなんて、ほんとうにできるのだろうか。わたしは無謀なことに手を伸ばそうとしているのではないか。

いますぐ父から走って逃げたい。新幹線で五時間の距離をとっていたって心が休まらないのに、となりになんかいられたら、もう息を吸って吐くのでやっとだ。だからといって逃げてしまったら、望みが完全に断たれる。蜘蛛の糸ほど細い希望でも、わたしはまだすがっていたかった。

「おまえらの家じゃなければどこでもいい」

バスに乗り込みながら、父は吐きすてるようにそう言った。さっきの自分に教えてやりたかった。うまくいかないよ。だから期待なんかしたらだめだよ。

携帯電話をひらいて、宿泊施設を検索する。遠くに泊まらせるのは不安だ。目の届く範囲の、できるだけ安い場所。ちいさな文字を読み続けて車酔いし始めたころやっと、旅館に空室ありの表示を発見した。

そのふるい宿は、わたしたちのアパートから徒歩三十分の場所にあった。

ガラガラと扉をあけると、ロビーは無人だった。よそよそしい空気が漂っている。黒っぽい石の床を歩き、奥に向かって声をかけた。

「すみません、宿泊させていただきたいのですが」

「はーい、ただいま」遠くから明るい声がして、三十代とおぼしき男性が出てきた。彼は、父を見てぎょっとした。それからあわてて笑顔をつくり「本日少々混み合っておりますので、おかみが戻ってくるまで、あちらでお待ちいただけますか」と長椅子を示した。

狭く薄暗く、奇妙なくらいしずかなロビーだった。

椅子に腰かけると、父は脚を投げ出して言った。

「この旅館はおかしい」

帰りたい、と思った。帰ってねむりたい。もう、何か言う気力は残っていない。

先ほどの男性がどこかに電話をかけている。きれぎれに、くぐもった声が聴こえてくる。

「それに俺は布団よりベッドがよかった」

どこでもいいと言ったのはどこの誰なのか。

和服を着たおかみが現れた。彼女は笑顔を貼り付かせたまま言った。

「学会があるとかで満室なんです」

「でも、ネットでは空室ありって」

「ネットのことは外部の業者さんにお任せしてるからちょっとわからなくて。すみませんね」

わたしたちはまた、追い出された。


「おまえは狂ってる」

旅館の軒先で父が言った。無視して再び携帯をひらく。視線を感じて振り返ると、おかみとさっきの男性がひそひそ耳打ちしながらこちらを見ていた。ため息を飲み込んで歩き出す。漫画喫茶の脇で立ち止まり、ターミナル駅のそばにあるビジネスホテルに電話をかけて予約した。お望み通りベッドにしたと伝えたのに、父は辺りを見回しながら「おかしいのはあそこだけじゃなかった。ここもだめだ」などと意味不明なことを口走った。そしてわたしからホテル代と食費をひったくるようにして奪い、その場を立ち去った。

「お客様が外出されたきり、お戻りになっていないようなのですが」

フロントから電話がかかったのはその数日後だ。

父は鍵をフロントに預けて出かけたまま戻らず、精算も済んでいないのだという。

仕事を早退してビジネスホテルへ駆けつけたわたしが見たものは、狭い室内に転がるぼろいボストンバッグと、空の一升瓶だった。

部屋に通してくれたスタッフは必要最低限の言葉しか口にしなかったが、迷惑そうではなかった。仕事をしていればこういうこともあります、という雰囲気がありがたかった。

部屋の入口に立つその人の存在を感じながら、父が残した荷物を片づけていった。

ベッドの脇に携帯電話が落ちていた。摑んでボストンバッグに入れたとき、何か紙のようなものが指先にふれた。

引き抜いてみると、ふるいスナップ写真だった。七歳くらいの父と、まだ若い祖父が写っている。

大車輪が得意な、自慢のおやじだったんだ。

父の言葉が蘇り、胸が締め付けられるように痛んだ。父は、祖父の写真といっしょに入院するつもりだった。酒を断たなければいけない、肚を括った瞬間が、確かにあったのだ。

父から連絡が来たのは、もう病院のことなどすっかり諦めきった入院予定日の朝だった。

「飲み物に薬を盛られた。携帯とボストンバッグをぬすまれた」

盛られたかどうかは知らないが、少くとも携帯とバッグはぬすまれていない。

「いまどこにいるの？」

通話口を押さえながら尋ねると、父は困ったような声で「それが、わからないんだよ」と言う。職場の壁時計に目をやった。いまからどうにかして父の身柄を確保したら、入院に間に合うかもしれない。でも、居場所もわからないのにどうやって。

そうだ、そばにいる誰かに代わってもらってそこがどこか訊けばいいのだ。そう思いついたまさにその瞬間、別の誰かが受話器の向こうで喋り始めた。

その人は、父に職務質問をした警察官だった。父は相当な錯乱状態だが、わたしの氏名と職場だけは言えたらしい。いまから身元を引き受けに来てほしいと言われ、またしても早退の申請を出した。上司や同僚の視線が痛かった。どうしてわたしばかりこんな目に遭うのだろう。数年前の入社式でとなりの席になった同期は、社会人初日だというのに金色の細い腕時計を嵌めていた。いくらくらいするものなのか、想像もつかない高級ブランド品。彼女の毛のない白い手首に、その華奢な時計はよく似合った。聴けば両親からの就職祝いだという。わたしの驚いた顔が面白かったのか、彼女は続けて、大学の入学祝いはマックだったと話した。わたしの頭にまっさきに思い浮かんだのはファストフードだったが、もちろんコンピューターのマックだ。わたしはそんな贈り物を親に望んだこともないし、そもそも発想がない。彼女がマックを贈られたころ、わたしはバイト代を家に入れ、大学に奨学金と授業料減免の申請を出していた。思い出したくもないことが次々浮かんでくる。振り払うように走って交番を目指した。

父は、頭のてっぺんからつま先まで、はじめて目にする装いをしていた。冗談みたいに大きなぼんぼんのついたニット帽と、激しく着膨れしたジャージの上下。首にはサウナのタオルが何枚も巻いてある。全身からは、強烈な酒と汗の臭い。どこからどう見ても怪しい。ここへ来るまで何をしていたかは一切憶えていないと言う。そりゃあ職務質問もされるだろう。父は、心細そうな表情をしていた。言いたいこと、訊きたいことは数限りなくあったが、とりあえず無事だった。急いで準備を整えて、わたしたちは病院の門をくぐった。

入院生活は順調にすべりだした。宇太郎が「結婚の話をお父さんにちゃんとしたい」と言って一緒に病院を訪れたのはこの頃だった。離脱症状からくる妄想や暴言、震えがあり、父もわたしも（おそらく宇太郎も）息苦しい時間をすごした。なぜこの時期にと思ったが、いまになって考えると、宇太郎は少しでもわたしを守ろうとしてくれたのだろう。いったん身体から酒が抜けきってしまうと、父の顔つきは一段階すっきりした。院内講習で依存症について学んだり、それまで読めなかった本を読んだり、時々ストレッチもしているようだった。

不眠症は相変わらずひどいらしい。これまでなら呑んで寝ればよかった。だが病院ではそうもいかない。どうするのか尋ねると、夜中に目を覚ましたら追加の薬をもらいにナースセンターへ行くのだという。看護師さんから特別に共有スペースの電灯を点けてもらって読書することもあると父は言った。あまりにいつも何か書いたり読んだりしているので、新しく来た看護師さんからは「学生さんですか？」と尋ねられたらしい。

ナースセンターの脇には「一日断酒」と大きく書いた貼り紙がしてあった。病院を訪れる度、わたしはその文字にじっと見入った。

一か月半といわず、三か月でもなく、一年くらいここにいられたらいいのに。退院したらどうなるのか、どうなってしまうのか、そのことを考え出すと不安で堪らなかった。

父に結核の疑いがあることがわかったのは、入院して三週間が過ぎたころだ。正式な結果が出るまで、隔離されるらしい。とてつもなく厭な予感がした。

予感は当たってしまう。

それまで調子のよかった父が、一気に落ちた。病に対する恐怖がさく裂したのだろう。日に何度も電話をかけてきて、耐性菌がどうとか入院の費用はどうなっているかとか脈絡なしにしゃべり続けるようになった。父は常に狼狽していた。

顔をぴっちり覆うマスクを念のため二重にして、わたしは父のいるアルコール治療専門病院の隔離病棟へ向かった。

父は、肉が削げ落ちてさらに骨っぽくなった顔に大きなマスクをして、鍵のかかる部屋の向こう側にぼんやり座っていた。あきらかに薬が効いているな、という表情だった。声は極端にちいさく、話すスピードもゆっくりだった。そこは部屋というよりは牢屋みたいなところで、鉄の床に汚れたせんべい布団が敷いてあり、すぐ横に便器があった。こんなところを祖母が見たらショックで寝込んでしまうだろう。

その後父は正式に結核の診断を受け、べつの病院へ転院することになった。新しい病院では、医師の許可が下りれば外出可能だ。病院の目の前にあるコンビニには、酒がずらりとならんでいる。

外泊もできた。ただし外泊には条件があって、親戚など身内が迎えにこなくてはならない。

仕事の休憩時間、更衣室のロッカーを開けて携帯を取り出すと、夥しい数の着信が残っている。

かけなおすと、父は開口一番怒号を飛ばしてきた。

「外泊許可が出たから迎えに来い。いいか、いますぐだ」

深呼吸をしてから、いまはむりだと伝えた。師走の忙しい時期だった。仕事を抜けたいなどと言える状況ではない。ただでさえ父のことで何度も早退している。これ以上は不可能だ。そして口にしなかったが、父の思う壺にはさせないぞという気持もあった。わたしはもう、疲れ果てていた。わめく父を握りつぶすように電話を切った。切った直後にまた鳴った。どれだけ鳴り続けても出なかった。着信履歴がどんどん増えていく。母からメールが届いた。父は母にも電話をかけていた。千映に電話に出るように言え。それだけを命令するために。母とわたしは離れた場所にいたけれど、同じようにふるえているのがわかった。

そして結局、わたしは父を迎えに行った。

ナースセンターの前で待ち構えていた父は、わたしの姿を発見すると狭い廊下を無言で通り過ぎ、さっさと病棟を出て行った。父が履いていた安物の運動靴のゴム音が耳にこびりついた。わたしは廊下に描かれた白い線が示す通り歩いて、じっと耐えながら手続きを終え、病院をあとにした。

駅に向かって歩く。人生でいちばん屈辱的でみじめで、悲しい道だった。

ふいに肩をたたかれた。ふりむくと父が立っている。満面の笑みだ。先に出たのにどうして？　不思議に思って視線を落とすと、手にコンビニの袋があった。胃が重く鈍く痛んだ。焼酎の大きな瓶が透けて見える。再び顔を上げると、父の唇の端が濡れていた。また酒。やっぱり酒。

父はニッと笑うとわたしの横を通り抜け、ふるびた商店街を駅に向かって歩いていった。

「ここを退院したらアパートに戻る」

結核の治療が終わる頃、父はそう言った。治療途中だったアルコール治療専門病院へ戻るよう勧めると、鼻で笑い飛ばされた。

「だいたいのシステムはわかった。日本一と言われる病院であの程度なんだ」

戻ってくるよう強制されたくて、病院に電話を入れた。不運なことに、電話に出たのはあのもみあげ医師だった。彼は言った。

「どっちでもいいですよ」

力が抜けてしまった。そりゃそうですよね。自嘲したくなった。父が病院に戻ろうが戻るまいが、断酒しようがしまいが、あなたにはなんの影響もないですもんね。彼のように、父の一挙手一投足に影響されずに生きられたらどんなに楽だろう。

その頃見る夢は、いつも決まっていた。

誰かに追いかけられる夢。それは父だったり鬼だったり形のないものだったりしたが、とにかくわたしは全速力で走って逃げる。走っても走ってものろのろとしか進めない。足がもつれて、転びそうになる。このままでは追いつかれてしまう、もう終わりだ。

自分の叫び声で目が覚める。心臓が激しく跳ねている。となりで心地よさそうに鼾をかいている宇太郎の腕をむりやり枕にする。宇太郎の首から肩のカーブに顔をうずめ、肌の匂いをかぎながら、遠いところへ飛んでいってしまいそうな精神をなんとか肉体に留めた。

もう知らない。しばらく連絡を取りたくない。

口では母にそう言ったが、その後も心の奥底ではいつも父の動向が気になっていた。父が呑んでいるか、もしかしたら奇跡が起きて呑んでいないのではないか、そのことで頭がいっぱいだった。

わたしの都合や自分のしたことなどお構いなしに、父は酔っぱらって陽気に電話をかけてきた。かと思えば、とつぜん理不尽な罵声を浴びせてくることもあった。

「お父さんが離婚届を提出しちゃったよ」

あるとき母から電話がかかってきて、涙声でそんなことを言われた。

「いますぐ荷物をまとめて出ていけだって」

母は激しく動揺していたが、わたしはもう、なるようにしかならないと思った。

離婚届は受理され、両親の結婚生活は終わった。わたしの結婚式の三か月前だった。

「電話してくるなんて珍しいな。結婚式の準備は順調か」

電話口で父は弾んだ声を出した。

そのうれしそうな声色すら、忌々しかった。

こっちは神前式にしたら三々九度の杯があるから万が一断酒できていたらだめだとか、かといってバージンロードを歩くことに決めたらドタキャンの可能性があるとか、もし来ることができたとしても泥酔して足が絡まって転ぶんじゃないかとか、披露宴で父と同じテーブルに座る人たちに事情を話して酒を控えてもらおうかとか、さんざん悩みぬいているというのに。

「おう、最近どうだ」

雑談をしたいのではない。

どうしても話さなくてはならない用があったからかけたのだ。でなければ好き好んで父に電話などかけるはずがない。機嫌のいいうちに話を終えてさっさと切ってしまおう。

そのときわたしは、参列者のヘアメイクや衣装貸し出しのリストを作っていた。

「結婚式でお父さんが着る服の、サイズを訊きたかったの。首回りは何センチ?」

会社員時代に着ていたワイシャツのサイズを思い出しながら、胸囲辺りまでは順調に進んだ。しかし父の記憶は、なぜだか上半身止まりだった。

「股下は?」

「そんなもんはわからん」

「じゃあ指で測ってよ」

「プッ、俺は尺取り虫じゃないぜ」

「そこに定規ないの?」

「ない」

「一本くらいあるでしょ。メジャーとか。探してよ。娘の一世一代の晴れ舞台なんだから、股下くらい測ってくれたっていいじゃない」

「わからんもんはわからん」

気の抜けた声で言われ、それ以上尋ねるのは諦めた。宇太郎と身長が同じくらいだから股下もそう変わらないと信じることにした。

「往復の新幹線代は、書留で送ればいい？」

「ああ、それなら気にするな。俺が立て替えておくから」

俺が立て替えておく。

そんなセリフを父の口から聴く日が来るとは思わなかった。立て替えといてくれと言われたきり踏み倒された経験なら数知れず。

あんな父でも、いざというときに備えて五万円くらいの蓄えはあるのだろうか。まさか娘の結婚式のために？　思いついて即、首を振る。いや、それはない。どこかから借りるのだろうか。疑問は尽きなかったが、これで「父は結婚式に出席する」と安心できた。金を回収せずにいられる父ではない。

ずぼんの丈は、すこし短かった。そして痩せすぎて布が余っていた。太ももの骨の形がわかるほどだった。それでも父は転ばず、呑んだが呑みすぎず、食べ慣れないものには箸を伸ばさず、拍子抜けするくらい滞りなく式は終わった。しばらくのあいだ毎日電話をかけてきて「いい式だった」と言うのには閉口したが、憂鬱な気持にはならなかった。

父と母がいっしょにいるところを見たのは、あれが最後だった。

「ほんと、いい式だったよね」と秋代が言った。「参列者が退場するとき、宇太郎と千映とご両親が金屏風の前で見送ってくれたじゃん。あのときあたし、千映のお父さんと握手しながら号泣だったもんね」

「なんでよ」

「自分でもよくわかんないんだけど、千映を作ってくれてありがとうございます。そして育ててくれて、あの高校に入れてくれてありがとうございますっていう感謝が猛烈な勢いで込み上げてきたんだよ。でもそんな気持を口にしたら頭おかしいと思われるだろうなあって、とにかくもうあらゆる方向から感情が昂っちゃって」

「頭ならうちのお父さんの方がおかしいから大丈夫だよ」

「あのとき千映のお父さん、あたしの手をしっかり握って、『これからも千映をよろしくお願いします』って頭下げたんだよ。いま思い出しても泣けるわ」

「よく言うよ」

「え？　なにが？」

「新幹線代、父が立て替えたって言ったでしょ？　あれね、祖母からのご祝儀を使い込んでたことがあとになって発覚したの」

「えー！」

「しかも二十万円」

「大金！　そのこと、お祖母さん知ってるの？」

「言えるわけないでしょ」

「返してもらった？」

「ない袖は振れないって大威張り。それでもどうにも腹が立って、ある程度時間が経ってからもう一度請求してみたんだよね。そしたら本人、記憶から自分のしでかしたことがすっかり消えてて、母に電話して涙ながらに懇願したらしいの。どういうことか説明してくれ、千映の誤解を解いてくれって」

「誤解……。それで？」

「母に言われた。『なんでそんなこと言ったの？　かわいそうに』って」

「ん？　かわいそうって、誰が？」

「父」

「えー！」

「わたし混乱しちゃって、その場ではうんうんって聴いてたんだけどあとからじわじわ何か変だよねって思って」

「うーん、やっぱすごいわ、千映のお母さん」

「それで終わりじゃないの」

「まだあるの？」

「数日後に、母からメールが届いたの」

「なんて？」

「『お父さんをゆるしてあげて。お父さんは人を傷つけて自分も傷つける人だから』」

「……もう、なんて言っていいかわかんないわ」

「わたしは恵にそんなこと言えない」

「うん。でもある意味羨ましい、そこまで愛する人と結婚できて。千映は大変だったと思うけど」

「魅力的だけど結婚にはどうかなって男の人っているでしょう、そういう人と結婚したのがうちの母なのかもしれない」


結婚式からしばらくして、父は何か思うところがあったのか、自宅アパート近くの病院に自ら入った。一週間で脱走した。二度目は外泊練習でスリップした。三度目は退院までこぎつけたが、病院を出たその足で酒屋に行き、店先でビールとワンカップ焼酎を何本も呑んでぶったおれそのまま病院に舞い戻った。

再飲酒。入院、退院、再飲酒。そして身体を壊してまた入院。

父はこの循環の中で生きていた。回る過程で周囲の人間を弾き飛ばしながら、何度も何度も断酒に失敗した。わたしはもう、父をサポートすることができなかった。父が断酒している期間は電話をかけて励ました。

恵がお腹にいることが判明したけれど、まだ心拍は確認できていないというごく初期のころ、祖母から電話がかかってきた。父について話したいことがあるから祖母の家へ来るようにという内容だった。

母から離れ、わたしとも離れ、それでも父はひとりにはならなかった。

父には、いつも世話をしてくれる人がいた。まるでバトンを手渡すように、祖母から母へ、母からわたしへ、そしてまた、わたしから祖母へ。

祖母にとって父は、自慢の息子だった。息子を邪険にする者は、たとえ孫でも許しはしなかった。

電話口で祖母は、激怒していた。どうして父とマメに連絡を取ろうとしないのか。寿退職して時間はあるはずなのに、親の様子を見に来ないのはなぜなのか。娘であるわたしの無責任さを、祖母は強く詰った。いまや父はミイラのように痩せ、毛布をかぶって震えているという。糞も尿も垂れ流しで、もうすぐ入院して、ついに拘束されるそうだ。拘束には実子の同意がいるから、その記入のためにいますぐ飛行機に乗って祖母の家に来いと言う。

「ごめん、おばあちゃん。わたしいまちょっと体調が悪くて、長距離移動はむりなの」

妊娠のことは、安定期に入ってから伝えようと決めていた。父にも、祖母にも。

「むりって、自分の親のことよ？　どれだけ世話になったと思ってるの？　育ててもらった恩があるでしょう。お父さん、かわいそうよ。千映ちゃんもアパートに行ってみたらわかる。消費者金融からの督促状がいっぱいあって、きっと借金取りも来てたと思う。どんなにか不安だったろうと思ってね。お湯も出ないんだよ。シャワーを、水で浴びてたんだよ。この真冬に。こういうのを聞いても、千映ちゃんはどうも思わないわけ？」

わたしは黙っていた。わたしが幼いころ、いや、幼いという年をとうに過ぎてからも、父がどんなふるまいをしていたか、ここで祖母に話したらどうなるだろうと考えていた。わたしなら、もしも自分の孫が同じ立場におかれたら、いままで気づかなくてごめんね、きつかったでしょうと謝ると思う。祖母に謝ってほしいわけじゃない。でも責めるってどういうことなんだろう。

わたしと祖母、両方にとっていい方法はないのだろうか。脳みそがよじれるほど考える。

「おばあちゃん」

伝わりますように。わたしは喉の奥から声を絞り出した。

「お父さんは、お母さんやわたしに暴力を振るってたんだよ」

「暴力って……」

祖母は躊躇(ためら)うように言いよどんだ。思いもよらぬことを告げられて衝撃を受けたのかと思ったら、すぐに鼻で笑うような音が聴こえてきた。

「またそんな大げさなこと言って。頭をはたいたくらいでしょう？　男なんだから、手加減したに決まってるじゃないの。おなごや子ども相手に」

やっぱりむりだ。わたしたちは、守りたいものが違いすぎる。

電話を切る直前、大きく息を吸って祖母は言った。

「もしお父さんが死んだら、火葬場でさいごにスイッチを押すのは千映ちゃんなんだからね」

親孝行、名の知れた学校に入ること、人に知られて恥ずかしい面は隠すこと、つまり世間体。条件付きの愛。父は、きっとそうやって育てられてきたのだろう。

でも、とわたしは己を振り返る。

父が断酒しているわずかな期間だけは優しくし、それ以外のときはそれなりの対応をとっているわたしだって、条件付きの愛なんじゃないか。

父を丸ごと愛したのは母ひとりかもしれない。

愛されるためにすべきことは何もない、はじめて父にそう言ってくれたのが母だった。

母の愛によってほんの一瞬でも父がすくわれたなら、それはそれでよかったのだと思う。

わたしは祖母の家に行かなかった。電話が来ても出なかった。

父は入院したが体調が回復するなり脱走して、元の生活に戻った。

酔っぱらって度々電話をかけてきた。こちらの都合などお構いなしに。感情の起伏が激しい父とは、ほんの数分会話するだけで消耗した。電話を切るとぐったりしてしまい、長時間布団から出られなかった。このままでは胎教によくないと思い、意を決して妊娠のことを伝えた。父の態度は軟化するどころか、狂的な心配へと突き進んだ。食べ物や薬、排気ガスが胎児に与える危険性を滔々と語り、奇形児が生まれたら母親であるおまえの責任だぞと言い放った。わたしはずっと、こういう脅しのようなプレッシャーを受けて育ってきたのだと思った。
妊婦健診で、何か気になることはないか医師に尋ねられたとき、父についてオブラートに包んで話した。彼は少し考えてから、「電磁波もよくないと医者が言っていたから、電話はしばらく控えたい。生まれたら報告する。それまでの連絡はメールで、と伝えてみてはどうですか」と提案した。その通り告げると、父の電話攻撃はやんだ。医師が言っていた、という言葉が効いたのかもしれない。携帯メールの使い方はわからないらしく、やり取りせずに済んだ。

できることならもう父に関する情報は何も耳に入れたくなかった。わたしはわたしのことで必死だった。

妊娠、出産。過労でぴりぴりしている宇太郎との夫婦関係。自分の、新しく未熟な家庭を創り上げていくだけで精一杯だった。父と距離を置かなければ、わたしは生きていけないし、生かしていけない。だから、これは仕方のないことだ。

そう思っているのに、それが正しいことだと確信しているのに、時々途轍もない罪悪感に襲われた。

自己嫌悪と罪の意識に耐えられなくなると、父の笑顔と父の笑い声を思い出すようにした。まだ、憶えていた。父にいま、笑うような出来事があるかどうかはわからない。でもどうせ勝手に想像するのなら、痛み苦しみ孤独でわたしを恨み酒を手放せずいつ死んでもおかしくない父より、愉しそうにくつろいでいる父を思い描きたかった。たとえそれが頭の中だけの笑顔だとしても、そうすることで、わたしの心も少しは落ち着いた。

「いますぐ五万送ってくれ。現金書留速達で」

父が、金をせびるようになった。

現金書留速達で、というのが決め台詞で、言うことを言ってしまうとこちらの返事など待たずに電話を叩き切るのが常だった。結婚前に貯めていた金を送り続けた。将来自分が罪悪感を抱かなくて済むための金だった。父の死がそう遠くないことはわかっていた。やれることはやった、そう思いたかった。こういうのが親孝行なんでしょう?

父からの電話があると、まだ腰もすわらない恵を抱いて近所の郵便局にとぼとぼと向かう日々が続いた。雨の日も雪の日もわたしは父の命令に従った。

あるときどうしても金を都合できないときがあって、申し訳なく思いながら恵の写真とテレフォンカードを送付した。すると父はすぐに電話をかけてきて、わめき散らした。

「おまえは何か送ったつもりになってるかもしれないが、あれはガキの写真だぞ」

頭の中に氷を詰めこまれたみたいだった。もうおしまいだと思った。

父は金が届くのを、今か今かと待っていたんだろう。わたしから金が届かなかったら困るよっぽどの事情があったんだろう。借金返済か生活費か何か知らないが、もとをたどれば原因はぜんぶ酒だ。酒酒酒。娘より酒。孫よりも酒。自分の成し遂げたかったことなんかとうの昔に放棄して、健康なんかより人として生きることより酒。

もうお金は送れない。覚悟を決めてわたしは言った。数秒の間を置いて、父はすごんだ。

「俺に死ねって言うことだな」

電話を切ったその手で眠っていた恵を抱きあげ家を出た。

バスに乗り込んだ瞬間、かつてない巨大な恐怖に襲撃された。それはまったくの不意打ちで、手や足や頭が身体からもげてバラバラになりそうで、くるしくて息ができない。気が狂う。このままでは狂ってしまう。涙がぽろぽろこぼれた。狂うわけにはいかないのに。わたしは恵を育てなきゃいけない。わたしが狂ったら、誰がこの子を育てる？　この子のために、ちゃんと親として生きたいのに。

目の前にポケットティッシュが差し出された。

顔を上げると、銀髪の女性がすっと立ち上がり、自分がいた席にわたしと恵を座らせてくれた。そしてほかの乗客の視線から守るように、すぐそばに立ってくれた。

「大きく息を吐いてみて」

わたしだけに聴こえる声で、彼女は言った。

吐く。息を吐くって、どうやってやるんだっけ。

だいじょうぶ、落ち着いた声とともに、背中にそっと掌があてられる。

「ゆっくりやれば、できるから」

なにも考えられず、ただ言われた通りにする。

「そう。吐いて。吸って」

吐けた。吸えた。なんて温かな手だろう。はじめは浅く、徐々に深く、吐いて吸えるようになった。

深呼吸を繰り返す。少しずつ、脳がクリアになっていく。

現実がわたしのところに戻ってきた。

酸素の行き渡った脳でわたしが真っ先に考えようとしたのは、父の笑顔と笑い声だった。でも、思い出せなかった。どんなに脳みそを振り絞っても、思考の枝を良い方へ伸ばそうとしても、笑っている父は、もう蘇らなかった。

返さなくていいと言われたポケットティッシュをシャツの胸ポケットに大事に仕舞い、わたしは携帯ショップに行った。

携帯電話の番号を変えた。固定電話は留守番電話かファックスに繋がる設定にした。父と連絡を取るのは、それきり、きっぱりやめた。

わたしは父を諦めたのだろうか。

わたしは父をすてたのだろうか。

穏やかな気持で子育てしていくには、こうするしかないと思った。しばらくは、父がいつ新幹線に乗って殴り込んでくるか不安でねむれなかった。でもよく考えてみたら、父にそんな体力などあるはずがなかったのだ。

毎晩、父から追いかけられる夢を見た。鬼でも形ないものでもなく、追いかけてくるのは必ず父だった。

父が呑もうが呑むまいが、もう、わたしには関係のないことだ。父が自分で決めることだし、罪悪感を抱く必要もない。父がこうなったのはわたしのせいじゃない。わたしはわたしとわたしの新しい家族を優先していい。

　わたしは完全に、父を手放した。


　父と連絡を断って一年以上経ったある大晦日、押し入れからあのポケットティッシュが出てきた。

　それを目にするのは久しぶりだった。見るとバス内での恐怖が蘇って吸い込まれそうだったので、押し入れの奥に仕舞いこんでいたのだ。

　わたしは勇気を出して、父に電話をかけるという「想像」をしてみた。

　家の中には、暖房とコーヒーと子どもの匂いが満ちていた。ベランダの向こうの道には年末独特の華やいだ空気が漂い、となりの部屋からは宇太郎と恵の笑い声が聴こえてくる、いまなら、できないことはないような気がした。わたしは固定電話の受話器を上げ、父の番号をゆっくり押していった。

　父は少し驚いた様子だったが、ぽつぽつと近況を話してから、「おまえのおかげでいい年越しになった」と珍しく礼など口にした。受話器を置いた瞬間、胃が鷲掴みされたように痛んだ。わたしが電話をかける前。大晦日の夜に、父はひとりで、いったい何を考えていたのだろう。「はい、もしもし」と出たときの父の声は硬く、直前まで笑っていた声ではなかった。淋しい、と思っていたかもしれない。またあの罪悪感がやってきた。一瞬で押しつぶされそうになった。わたしは自分で自分を苦しめる代わりにリビングへ行って恵を抱きしめた。

それからはごく稀に、わたしが連絡をとってもいいと思うときだけ、こちらから父に電話をかけた。それはわたしの心に余裕があるときだったり、これは父でなくては正確な意見が聴けない話題だ、と思うときだったりした。勝手だというのはわかっていた。でもわたしには、いつでも父を受け入れるほどのゆとりはなかった。

恵に代わって話すこともあった。スピーカーボタンを押したら、かつて聴いたことのない父の声が飛び出してきて、ぎょっとしてしまい、あわてて通常モードに戻したこともあった。溺愛、という言葉がしっくりくるくらい、父はまだ会ったことのない孫を溺愛していた。

年賀状には「恵にむりやり勉強なんかさせるなよ。勉強はおまえがやれ」と書いてあった。「男は三十代が一番きつい。宇太郎くんをあんまり追いつめるなよ」とも。呆れ果てて笑いながら見入った。ぶれのない、ていねいな文字。もしかするといま父は、呑んでいないかもしれない。期待は無意味だし可能性は極めて低いが、あり得ないとも言い切れない。そう考えてしまうほど繊細でうつくしい、頭脳明晰な父の筆致だった。

三歳と、四歳と、五歳。それぞれ一度だけ、父に恵を会わせた。呑んでいるときもあったし、呑んでいないときもあった。父と一対一で会うのは困難だが、恵といっしょなら大丈夫だということもわかった。これはわたしにとっては大きな発見だった。

酒が切れてくると、もしくは体調が悪くなると、父は自ら恵のそばを離れ家路についたが、別れ際には必ず、「じいちゃんのほっぺにチューは？」と言った。こんなキャラクターが父の中にあったのだということを知って、愕然とする思いだった。

最後に会ったとき、父は恵にお年玉をくれた。恵、と細く薄い字で書かれた小袋に、千円札が一枚入っていた。皺を慎重に伸ばしてから畳んだことがわかるお札だった。少なくて悪いけど、と父は言った。恵の頭を撫でながら。

「来年はじいちゃん、もっとたくさんあげるからね」

その頃にはもう、自分に言い聞かせなくても、父を自分の人生から適切な位置におくことができるようになっていた。

孫にお年玉を与える父を見て、祖母はうれしそうに笑っていた。

祖母の家には、父が子どもの頃もらった表彰状がたくさん飾ってあった。

文武両道、地域の大人や教師からの信頼も厚かった父は、県内一の高校に進み、優秀な大学に進み、結婚して親になり、出世し、アルコール依存症になり、頭も身体も壊して、無職になって離婚して、死んだ。

発見したのは祖母だった。

合鍵を使ってドアを開けた祖母は、ユニットバスを出たところで倒れている父を見つけた。はじめは、父が病気で呻いていると思ったらしい。紫色に膨れた顔を見て、息子がくるしんでいる、たすけなければ、そう思って祖母は隣人のドアをノックし救急車を呼んでもらった。救急車が到着したすぐあとにパトカーがやってきて、大勢の警察官が靴にビニール袋をはめて部屋に入って行った。祖母もあとに続こうとしたが止められた。これから現場検証だから入ってこないように、そう言われたので、自転車置き場で待った。何気なく足の裏を見ると、靴下にべっとりと血がついていたそうだ。

家賃三万円のアパートで父は死に、祖母に発見されるまでひとり腐敗していった。解剖はされなかった。死後四日が経過していたので顔は風船のように膨らみ、身体から血が流れ出て、廊下は真っ赤に染まっていた。

祖母が見せてくれた死体検案書には、内因性急死と書いてあった。事件性はなし。自殺でも他殺でもなし。おそらく病死。もしくは事故。心臓麻痺を起して意識を失ったか、ユニットバスを出るときに足がすべったのか、正確なことは父にしかわからないが、はっきりしていることがひとつだけある。

そのとき、父は泥酔していたということだ。

ちゃぶ台の上に呑みかけの焼酎があった。押し入れの中には空の焼酎パックがぎっしりつまっており、入りきらない分が簡易ベッドのまわりや廊下にまでずらりと並んでいた。死体検案書の「直接には死因に関係しないが傷病経過に影響を及ぼした傷病名等」の欄には、アルコール依存症と記されていた。

父との対面は叶わなかった。

恵といっしょに祖母の家に着き、仏間に脚を踏み入れようとした瞬間、棺が目に入った。あの中に父がいる。心臓が大きく跳ねた。呼吸を整えながら、ゆっくり近づく。棺には、ぴっちりと白いビニールテープが何重にも巻いてあった。

しゃがんで、顔の部分にある小窓をそろそろと開けてみた。少し、腐臭がした。グレーの袋が見える。父の遺体はこの袋に包まれているのだ。

「じいちゃん?」

恵がわたしの顔を見ながら尋ねた。

そうだと答えると、恵はちいさな両手を合わせて、ぎゅっと目をつぶった。上手にできているのは、お寺の幼稚園で習ったからだろう。ぱっとまぶたをひらくと、恵は台所の方へ駆けて行った。遠くから、おばあさんたちの明るい声が聴こえてくる。

わたしは棺に掌を載せ、しばらくそのままの体勢でいた。

何も思い浮かばなかった。父が死んだという実感はある。でも、感情はない。

こういうとき、秋代だったらどんな風にふるまうんだろう? 泣くだろうな。棺に取りすがってお父さんと叫んで、ありがとうとかなんで死んじゃったのとか、愛情や悲しみを表現できるんだろうな。でもわたしにはむりだ。ありがとうなんて簡単に口から出てこないし、死んだ理由は明白だ。

うっすらと香る腐臭を嗅いだ。グレーの袋の上から触れてみた。これが鼻なんだろうか、さわっていたらくずれてしまうんだろうか、そんなことを考えながら死んだ父を撫で続けた。

「顔を見ることはできますか？」

やってきた葬儀社の男性に尋ねると、彼は眉を下げて首を振った。

「ご覧にならない方がいいと思います。グレーの袋をめくると、いっしょに唇とまぶたの粘膜が剝がれてしまいますから」

迷った。この目で確かめたい気持と、衝撃に耐えられるかどうかの不安。

「お父様も、見られたいとは思ってないと思います」

その言葉に両肩を抑え込まれた。

見て、後悔するかもしれない。損傷の激しい遺体が目に焼き付いて死ぬまで離れないかもしれない。やめておけばよかった、あのとき見ない方がいいと言われたのに、そう自分を責める可能性だってある。もしここで見ない選択をしたことを悔やむ日が来たとしても、そっちの後悔の方が深くない気がした。それに万が一わたしが父と同じ死に方をした場合、恵には見ないでほしいと思うだろう。恵には、わたしがいなくなった世界を、わたしの悲惨な死に顔に煩わされることなどなく、なるべく健やかな精神で生きていってほしい。

無言で思考を巡らせるわたしに、男性は温かみのある声で言い添えた。

「こういったケースでご対面を望まれるご遺族はほとんどいらっしゃいません。お父様は幸せだと思います」

こういったケース、というのは、家族とほぼ縁が切れた状態の人が孤独死して腐敗したケース、のことだろうか。

宇太郎は仕事を終えて最終便でやってきた。会うなり彼はわたしに、大丈夫？　と訊いた。大丈夫じゃないと言える相手がこの世にふたりもいることが、心底有難かった。

父の遺影はまじめくさった顔だった。どこから引っ張り出してきたのか、まだ前歯もあって髪も黒々としてそれなりに整えられていたころの、強そうな父だ。痩せこけてはいなかったけれど、頬はつっぱって、眉はこわばり、見ているだけで息が詰まるような写真だった。

父の顔にはいつも、疑心と不安が張りついていた。父は怒りも仕事も借金も妻子との関係も健康も未来も過去もすべてアルコールで麻痺させて、死んで腐った。

父と対面できたのは火葬場だ。骨だけれど、それでも父であることに変わりはなかった。これが父の最後。もう話せない。

父を焼くスイッチを押したのは、わたしではなく、火葬場の誰かだった。

親戚が父の骨を囲んで、凝視した。歯がある、とわたしはひそかに感心した。むかし母が梅干しの種入りのおにぎりを作って、何も知らずにかぶりついてしまった父から「あぶないだろう！」と激怒されたことがあった。それくらい歯がもろかった父なのに。太もももふくらはぎも、あんなに細くなっていたのに、骨は想像よりしっかりしていた。きっと、もともとは丈夫な身体を持っていたのだと思う。その幸運を生かさず、父はあれほど怖れていた死に、自ら突き進んでいった。

これはどこの骨だとか、どういう順番で壺に入れるのかなど説明する火葬場の女性に、小声で「手ぬぐいに骨を包んで持ち帰ってもいいですか」と尋ねた。構わないと言われたので指の骨を、母といっしょに選んだ。そんなわたしたちを祖母がじっと見ていた。

父は手のきれいな人だった。細長く白い指。一生懸命勉強し、親の手伝いをした手。妻を抱きしめ、毎朝毎晩仕事鞄を摑んだ手。焼酎の入った湯飲みを摑んだ手。わたしの頭を撫でたり、殴ったりした手。

三周目に骨上げするとき、祖母とペアになった。箸で我が子の骨をつまむ横顔はむっとして、かすかにふるえていた。声を出す気力もないようだった。茫然として、前に会ったときよりひと回りちいさく見えた。

最後に父の頭蓋骨を壺に入れた。納まりきらず、立体パズルのように試行錯誤していると、さきほどの女性が棒を突っ込んできて骨をつぶした。がしゃがしゃと大きな音が響き渡る。となりで母が顔をしかめるのがわかった。

手ぬぐいの中で、骨はずっと熱かった。

「こんなこと言っていいかわかんないけどさ」

前置きしてから秋代は言った。

「最後が愉しいお酒だったらいいね」

びっくりした。そんな発想、わたしにはなかった。

「祝い酒とかさ、超上機嫌ですべって転んだなら、そっかって思える。ごめんね、不謹慎だったら」

ううん、と首を振りながら、カウンターの上のスマホにふれて時刻を表示させた。もうすぐ宇太郎と恵がここへやってくる。

ロックを解除すると、恵の描いた葬式の絵がふたたび現れた。

さっきよりも父の顔が穏やかに見えるのは、秋代の言葉のおかげだろうか。

父の棺をあけたときの場面が蘇る。

あける直前、わたしも含め参列者たちは全員、式場のそとに出るよう言われた。

なにが起こるのだろうと入口付近に立って眺めていると、葬儀社の男性ふたりが、ものすごい勢いで消臭剤を吹きかけていた。

一面、白く濁って霧のようだった。そのあと彼らは手際よく棺に花を納めた。

あれは荘厳な眺めだったな、と思う。

父の部屋を片付けたとき、消臭剤をつかったのは最後の最後だった。

母とわたしのあいだで「専門業者に頼んだほうがいいのかもしれない」という話も出た

が、料金が高かったこともあり、とりあえず現場を見にいってみようということになった。部屋へ行く前に、コンビニで靴下を買っていった。裸足で入れるような部屋ではないと聴いていたから。

扉を開けたとたん、コバエがぶわっとかたまりで飛び出てきた。すさまじい腐敗臭だった。それでも父の遺体を運び出すときに葬儀屋が冷房を最強にしてかけっぱなしにしておいてくれたから、あの程度で済んだのだと思う。

玄関から廊下にかけて大量の黒い血が残っていた。転んだときに頭を打って流れた血なのか、亡くなったあとに生理現象として身体から自然に流れ出た血なのかはわからないが、とにかくすごい量だった。

さらに悪いことに同じ場所に水のペットボトルと、焼酎の空パックが並んでいた。それが血糊で床にぴったり張り付いていた。それでも想像したよりはひどくなかった。

母とわたしはお互いを見た。やれる、と思った。

母は六畳間にあるものを、不用品と残すものに分けていった。わたしは廊下に張り付いたペットボトルと焼酎パックをはがしてはぬぐう作業を続けた。延々。圧倒的な血液の匂い。頭のてっぺんからつま先まで血にどっぷりつかったみたいだった。

ベリベリッ。

廊下から部屋全体に音が響いた。手にも反動が残った。

でも父の流した血が残した感触なのだと思うと厭ではなかった。これが最後に嗅げる父の匂いなのだと思うと、ずっと嗅いでいたいほどだった。

父といると苦しかった。お酒ではなくわたしを見てほしかった。優しい言葉をかけてほしかった。褒めて、笑いかけてほしかった。けれど父もおそらくそうだった。うまくやれなかったけど、いつも愛していた。この部屋で父の気配を感じていると、父の思いが伝わってくるような気がした。どうすればわたしたちはもっと互いを思いやり、信じ合って生きていくことができたのだろう。

焼酎パックと壁のすき間に、一冊のノートが落ちていた。表紙に、わたしが送った恵の写真が張り付けてある。入院先の病院で作ったノートのようだった。血のついたそれを下駄箱の上に置き、作業を再開した。ひたすら無心になって続けた。はがす、衝撃、ぬぐう。くりかえしくりかえし。そうして、最後の一本。

玄関を入ってすぐの場所、最後のペットボトルを剝がしたとき。そこにあったものを見て、一秒もしないうちに、脳がフリーズした。深く感じてしまうといけないことだ、脳が勝手に判断し動きを止めた。わたしはわたしを守ろうとしてくれている脳の指令どおり、目で見ても情報は脳に伝えないようにして、そばにあった雑巾に手をのばしうごめく白い大群を一気につかんで拭いちいさなゴミ袋に入れて縛った。母にはそこで見たものについて知らせなかった。それから何事もなかったように作業を続けた。

あれからしばらくのあいだ、わたしは白米が食べられなかった。いまでもリゾットやお粥はできれば見たくない。

カウンターの上に残るグラスの丸い水滴を紙ナプキンで拭きながら、秋代が訊いた。

「お父さんのノートに何が書いてあったか、訊いてもいいの？」

うん、と言ってわたしは父の文字を思い出す。

几帳面に整った筆致は、かつて目にしたどんな父の字より、くっきりと太く、力強かった。


「断酒してふつうに孫に会いたい」


「お母さん！」

恵が店に入ってくる。わたしはスツールを降りて、駆けてきた恵を抱きとめる。やわらかな温もりをくるみながら、これからわたしは恵に信頼をプレゼントしよう、と思った。

わたしは父からそれをもらえただろうか？

左腕の傷痕を撫でながら、ゼロじゃない、と思う。たくさんではないが、ゼロでもない。

「めぐちゃん、また大きくなったねえ！」秋代が声を張る。「ちょっと抱っこさせて」

恥ずかしそうに、身を委ねて恵はわたしを見た。赤ちゃんじゃないのにとでも言いたげな表情。

恵を床におろすと、秋代は鞄から可愛くラッピングされた袋を取り出した。

「これ、めぐちゃんに」

「えっ」

「ちょっと早いけど、クリスマスプレゼント」

「ありがとう秋代ちゃん。帰ってから開けるね」恵は赤い袋を胸にぎゅっと抱いて言った。

「宝物の予感がする！」

秋代とわたしは顔を見合わせて笑ってしまう。

高校時代のわたしたちが蘇る。

「やっぱり俺このままめぐちゃん連れて帰ろうか」

先輩や同級生に小突かれながら遅れてやってきた宇太郎が言う。

「来た意味ないじゃん」秋代が笑った。

「だって千映ちゃんのそんなリラックスした表情、久々に見たし」

「やだー。お母さんといっしょにお買いものして帰る」

恵が言い、周りにいた旧友たちがどっと笑う。

笑いの渦の中で、わたしは考える。

父とどう接していたらよかったのだろう。

どうしていたら、父は、わたしたち家族は、こんな風にならずに済んだのだろう。

もっと親身になって父を説得したらよかったのか。それとももっと早く、父の面倒を見るのをやめたらよかったのか。

恵と手を繋ぎ、店の外へ出る。

人混みを縫って夜のつめたい空気が流れてきて、わたしは深呼吸をした。

夜空にはきれいな星が出ている。

もっとなんでもない話をしたかったな。

芍薬ってすごい花だね。

最近こんな本を読んだよ。

今からでも、会えなくても、しずかに話しかけることはできるだろうか。

すん、と恵が鼻をすすった。ふいてやるため鞄から手ぬぐいを取り出す。またしても最初に出てきたのはサックス奏者の絵柄だった。まあ恵の鼻ならいいか、そう思って拭いた。

「お母さん、そんな手ぬぐい持ってたっけ？」

恵が目ざとく訊いてくる。

一枚だけ、ハンカチ置き場ではなく自分の箪笥に仕舞う手ぬぐいだった。

「うん。じいちゃんのお骨を包んだ手ぬぐいだから、大事にしてるの」

そう説明すると、恵はふーんと言ってわたしの手を握り直した。それから思い出したように、幼稚園での出来事を話し始める。

「ひなんくんれんがあってね、お座布団をかぶったの。頭には大事なものがたくさん入ってるから、お座布団をかぶるんだって」

そうなんだ、と答えながら、父の頭にも大事なものがたくさん入っていたはずなのになあと思う。

何を見ても聴いても父を思ってしまう。こんなことも徐々に減っていくのだろうか。

「それからね」

妙に大人びた声で言い、恵が夜空を指差した。

「誰かに会いたいときは、お星さまにお願いすればいいんだって！　先生が言ってた」

わたしたちは脚を止め、星を見上げた。

制御できない強さで、肚の底から悲しみが突き上げてきた。

込み上げてきた言葉は、ごめんね、だった。

お父さんごめんね。

もっとたくさん電話をかけたらよかった。もっと恵を会わせたらよかった。あんなに溺愛していた孫だったのに。きっと三回じゃ足りなかった。

ごめんね。こんな娘でごめんね。お父さん。

「ねえお母さん、マシュマロを買って帰ろう」

手をぐいっと引かれた。恵が見ている方向、駅前にスーパーがある。

「どうして？」

「じいちゃんのお骨に供えるんだよ」

「じいちゃんマシュマロ食べるかなあ」

「たべるよ、きっと！」

甘いものは胸やけがすると言って食べない父だった。でも恵があげたものなら、食べるかもしれない。

「とか言って、ほんとうは自分が食べたいだけでしょう」

くすぐり笑い合いながら店内に入り、ふだん使っているスーパーとは違う品ぞろえをふたりで愉しみながら、会計をすませて店を出た。

「のど渇いたー」と恵が言った。

店先で、買ったばかりの水を袋から取り出していたら、誰かがわたしたちの後ろから来て立ち止まる気配があった。

ビニール袋を片手に持った、父と同年代のひどく痩せた男性だった。

どこか親近感がわく人だと思いながら、すみません、と詫びてよける。男性はわたしに軽く頭を下げ、駅とは反対方向にむかって、ゆっくり歩いていった。

恵がわたしの顔を見上げて言った。

「今の人、じいちゃんに似てたね」

その一言で泣きそうになる。

「どんなところが似てると思ったの？」

「笑ったお顔」

恵が答えた瞬間、父の笑顔が、わたしの眼前に鮮やかに広がっていった。

それは、はじめて恵を連れて会いに行ったときの、衝撃と、理屈抜きの愛情の入り混じった笑顔だった。

恵は三歳で、はじめて訪れる場所にもまったく物怖じせずににこにこしていた。それを見た父はもっと笑っていた。

歯の抜けた顔で、笑い泣きしていた。

恵が父の笑顔を憶えていると知ったら、父はどんなに喜ぶだろう。

改札をくぐり、わたしたちは電車に乗る。夜の車窓を流れていく景色が物珍しいのか、恵は窓に張りついて目をきらきらさせている。その横顔をわたしはじっと見つめる。


父の骨に供えた五つのマシュマロは、翌朝出かけるときには三つに減っていた。遺影は当分飾れそうにない。まだ父がうつっている写真を見ることすらできない。花の水を替え、骨に手を合わせる。廊下をちいさな足音が駆けてくる。

「じいちゃん、いってきまーす」

恵は、まるでそこに父がいるように声をかける。

日曜の朝。駅へ続く商店街には、肌がピリピリするほどの清浄な空気が満ちている。宇太郎が毎朝毎晩、重い仕事鞄を手に通る道。前を歩くふたりは時折、わたしがちゃんとついてきているか確認するように振り返る。秋代からもらったマフラーを、恵が宇太郎に見せている。誇らしげに、小鼻をふくらませて。恰好いいねえと言う宇太郎の目は、ちゃんとひらいているし、赤くない。

鼻を抜ける風がひんやりと心地好い。肺の奥まで吸い込んで、精神が平和であることを実感する。

「ねえお父さん。こんどの金曜日、きいろいかあしゃんの日でお休みでしょ、動物園につれていって」

「え？」宇太郎が腰をかがめるようにして、恵に顔を近づける。「いまなんて言った？」

「黄色い母しゃんの日」

「違うよ、めぐちゃん。黄色い母しゃんじゃなくて、勤労感謝」

「きんろうってなに？」

「その前にめぐちゃん、黄色い母しゃんってどんなお母さん？」

「わらわないで！　ねえお母さん、きんろうってなに？」

勢いよく振り返った恵に、一生懸命働くことだよ、と答える。


喪中はがきの注文を済ませてから、スーパーマーケットに行った。入口手前で宇太郎が脚を止めて「めぐちゃん、これが何か知ってる？」と尋ねた。指差す先、自転車置き場の片隅に、細長い木が立っている。

「しらなーい」

「ざくろだよ」

数歩近づいて見る。確かに、割れた実がなっている。

「たべられる？」

「食べられるけど、誰の木かわからないから勝手に食べちゃだめかもね。あと、たぶん、ものすごく酸っぱいと思う」

「すっぱいの好き。うちにも植えたいな」

いつか植えてもいいおうちに住んだらね、いつかっていつ、言い合いながらふたりは店内に入っていく。

「もちゅうってなに？」

酒コーナーを素通りして、宇太郎はゆっくり説明する。

「大切な人が亡くなったことを悲しんで、その人がいま楽でいますようにってお祈りする期間のこと。少しずつ元気になって、いつもの生活に戻れるようになるまでのあいだ、お正月のお祝いとか、年賀状を出すとか、しないの」

「いつまで？　一年生になっても？」

「ううん、来年は出せると思うよ」

「来年になったら元気になる？」

ん？　という表情で、宇太郎が恵を見る。

「お風呂場で泣かなくなる？」

宇太郎がそっとわたしを窺った。視線がぶつかる。「ねーなる？」宇太郎の顔を自分の方に向けようと、恵がジャンプする。

「なるよ」

宇太郎に撫でられ、恵はほっとしたようにうなずいた。

お菓子コーナーは素通りできなかった。

宇太郎の服を引っ張り、背伸びして肩を揺さぶったり抱きついたりして買ってもらったお菓子を、恵はうれしそうに自分のかばんに入れた。

「わたしの第一印象は知的でおとなしそうだったってほんとう?」

米や調味料をエコバッグに詰めていた宇太郎が手を止めた。

「誰から聴いたの」

「秋代」

しばらく考えて、宇太郎は答える。

「言われてみればそうだったような気もする」

「ちてきってなに?」恵が宇太郎を見上げる。

「賢そうってこと」

「実際は違ったでしょう。おとなしいというより、おそろしいでしょう」

「うーん、おそろしいというか、めまぐるしい」

「それどういうこと」コートの袖を引っ張るわたしと、

「めまぐるしいってなーにー」手を引っ張る恵の声が重なる。

「もういっかいざくろ見る」

店を出ると恵は宇太郎の手を摑み、自転車置き場まで引っ張っていった。

「ルビーみたいできれいだねえ」

「めぐちゃん、ルビーなんてよく知ってるね」

「しりとりでべんりなんだよ。る、はほかにあんまりないから。どんな味がするのかなあ。やっぱりたべてみたいなあ」

「じゃあ、八百屋さんにあるかどうか、見て帰ろう」

「うん！」

顔を輝かせる恵のとなりで、宇太郎は、大きく息を吸いこみ、ざくろの木を見上げた。

風が吹いて、葉っぱが優しげな音を立てた。

「ざくろの木はね、夏のはじまりに橙色の可愛い花をたくさん咲かせるんだよ」

「へえ、そうなの。宇太郎、よく知ってるね」

宇太郎が、わたしの顔をまじまじ見た。

「千映ちゃん、本気で言ってる？」

「本気よ。どうして」

「だってこれを教えてくれたのは千映ちゃんのお父さんだから」

「宇太郎くん、あれが何の木か知ってるか」

出かける仕度に時間がかかるわたしを、宇太郎は両親の部屋で待っていた。気詰まりだったに違いない。わたしたちは高校生で、父はまだ四十代前半だった。

父が呑み続けたあの部屋。ぼろぼろの畳と、ふるいテレビ。垢じみた英和辞典。焼酎と煙草の匂い。

「は、知りません」

宇太郎が答えると父は窓を開け、大股で庭に降り、雪駄を履いてその果実をもいだ。戻ってくるなり割って、宇太郎に差し出したのだという。

「おいしかった?」

「硬かった。お父さんは、すっぱいってこんな顔してた」

目を細め口をすぼめる宇太郎を見て、恵がげらげら笑う。

「千映ちゃんはほんとうに食べたことないの?」

「ない。あの家にざくろの木が生えてたことすら知らなかった」

「そっか。俺はここを通るたびに、じんじん思い出してたよ」

すっぱかー。顔をゆがめて大喜びする父の顔が思い浮かぶ。

そんな可愛い花が、我が家に咲いていたなんて。

宇太郎はこの木を見て、どんなことを考えていたのだろう。

ふいに、赤ん坊の頃の恵が蘇った。笑う恵。泣き喚く恵。激しい感情に襲われ、思考の葉っぱをすべてむしり取りたかった日々。

わたしに見えるのはわたしの木だけだった。宇太郎にも宇太郎の木があったはずなのに。わたしの木には不安や恐怖や罪悪感の葉っぱが生い茂り、視界が曇っていちばん大切なものを見ようしないかけた。葉っぱは、不安に執着するほどそこに存在し続けた。

目の前にいる人を曇りのない目で信じることができたら、どんなに楽だろう。どんなに生きやすいだろう。信じるという感情は自分自身にはどうしようもなく、コントロールなど到底できなかった。信じられるのは、宇太郎の行動だけだった。

疑うのは疲れる。疑わなくなってはじめてそのことがわかった。

自転車のベルが聴こえてきて、咄嗟に恵の手を引く。自転車が通り過ぎると恵はその手をするりと抜いて、またざくろの木に近づいていく。それから、八百屋さん行こう、と言って歩きはじめる。自由だなあ、宇太郎が笑いながらわたしの手をとって、自分のコートのポケットに入れた。わたしたちも歩き出す。前を行く恵を見守りながら。手放すことと、愛することは矛盾しない。

葉っぱが一枚、ざくろの木を離れ、わたしたちの前を漂い、空高く舞い上がった。

初出
1　愛に絶望してはいない　「小説新潮」二〇一八年五月号
2　愛から生まれたこの子が愛しい　「小説新潮」二〇一九年六月号
3　愛で選んできたはずだった　「小説新潮」二〇一九年一一月号
4　愛で放す　「小説新潮」二〇一九年二、三月号
単行本化にあたり、大幅に加筆修正を行いました。

装画　鳥飼 茜
装幀　新潮社装幀室

著者紹介
1979年福岡県生まれ。東京都立大学卒。2016年「西国疾走少女」で第15回「女による女のためのR-18文学賞」読者賞を受賞。2018年、受賞作を収録した『1ミリの後悔もない、はずがない』(新潮社、新潮文庫)でデビュー。他の著書に『愛を知らない』(ポプラ社)。

全部(ぜんぶ)ゆるせたらいいのに

発　行……*2020*年*6*月*15*日

著　者……一木(いちき)けい
発行者……佐藤隆信
発行所……株式会社新潮社
〒*162-8711*　東京都新宿区矢来町*71*
電話　編集部(*03*)*3266-5411*
　　　読者係(*03*)*3266-5111*
https://www.shinchosha.co.jp
印刷所……錦明印刷株式会社
製本所……株式会社大進堂
乱丁・落丁本は、ご面倒ですが小社読者係宛お送り下さい。
送料小社負担にてお取替えいたします。
価格はカバーに表示してあります。

ISBN978-4-10-351442-8　C0093